《瞭望宁夏70年》丛书　周庆华　主编

攀登"珠峰"

周庆华　马文锋　编著

黄河出版传媒集团
宁夏人民出版社

图书在版编目（CIP）数据

攀登"珠峰" / 周庆华，马文锋编著. --银川：宁夏人民出版社，2019.9

（瞭望宁夏70年 / 周庆华主编）

ISBN 978-7-227-07080-1

Ⅰ. ①攀… Ⅱ. ①周… ②马… Ⅲ. ①新闻报道—作品集—中国—当代 Ⅳ. ①I253.4

中国版本图书馆CIP数据核字（2019）第198285号

《瞭望宁夏70年》丛书 周庆华 主编

攀登"珠峰" 周庆华 马文锋 编著

责任编辑 陈 浪 管世献
责任校对 闫金萍
封面设计 马小平
责任印制 肖 艳

黄河出版传媒集团
宁夏人民出版社 出版发行

出 版 人 薛文斌
地 址 银川市北京东路139号出版大厦（750001）
网 址 http://www.yrpubm.com
网上书店 http://www.hh-book.com
电子信箱 nxrmcbs@126.com
邮购电话 0951-5052104 5052106
经 销 全国新华书店
印刷装订 宁夏报业传媒印刷集团有限公司
印刷委托书号（宁）0014699

开 本 880 mm × 1230 mm 1/16
印 张 7.75 字 数 116千字
版 次 2019年9月第1版
印 次 2019年9月第1次印刷
书 号 ISBN 978-7-227-07080-1
定 价 39.00元

瞭望宁夏70年

（总　序）

周庆华

70年前，刚刚创刊的《宁夏日报》开始了瞭望宁夏的航程。70年勇立潮头，70年笔底烟花，70年薪火相传，70年筚路蓝缕。70年来，宁夏日报社及宁夏日报报业集团始终坚持正确的政治方向、舆论导向、价值取向，与真理同行、与时代同步。始终和着这片土地的每一次呼吸，用文字、图片、视频、音频忠实记录宁夏建设、改革、发展的每一次启程。

“却顾所来径，苍苍横翠微。”今年是新中国成立70周年，也是《宁夏日报》创刊70周年，用新闻为宁夏历史打了70年底稿的宁报人，也想为自己的70年做一次盘点。于是我们有了出版一套丛书的想法，名字就叫《瞭望宁夏70年》。丛书共五册，分别是《瞭望者永远是年轻》《攀登“珠峰”》《磨砺“四力”》《岁月印痕》《历史瞬间》。

创刊于1949年11月11日的《宁夏日报》，1954年因为宁夏省建制的撤销而停刊。1958年8月1日，宁夏回族自治区成立前夕，作为自治区党委机关报的《宁夏日报》复刊。“不尽黄河浪有声，凭谁击水起鲲鹏！”从报业经济一穷二白，到各项事业发展日新月异，从新闻产品生产的铅与火、光与电，到数与网，从《宁夏日报》一纸风行，到报刊网端微传播矩阵在“融”中创造，在“合”中提升，宁夏日报及宁报集团在奋斗中不断发展壮大。丛书第一册《瞭望者永远是年轻》，讲述的正是宁报人砥砺奋进的史话。因为初心始终不改，使命永远在肩。

有一种风景叫攀登。自第一届中国新闻奖1991年开评以来，宁报集团组织了一支支突击队，以“不到长城非好汉”的精神，一次次向中国新闻界的“珠穆朗玛峰”——中国新闻奖进发。共有47名编辑记者、7名通讯员、2名实习生，把他们的名字题写在中国新闻奖的光荣榜上。28届中国新闻奖，宁报集团获奖作品共有28件，其中一等奖3件，二等奖5件，三等奖20件。丛书第二册《攀登“珠峰”》讲述了宁报集团获中国新闻奖作品背后，那一个个鲜为人知几乎尘封在岁月中的呕心沥血的故事。

“一年三百六十日，都是横戈马上行。”一代代宁报人践行为人民服务的宗旨，深入基层，深入群众，深入火热的生活，不断增强脚力、眼力、脑力、笔力，书写波澜壮阔的时代图景，让新闻更有高度、更有深度、更有温度。丛书第三册《磨砺“四力”》汇编了宁报人70年磨砺“四力”感人至深的故事。这些故事揭示了“脚板底下出新闻”的至理，展现了“板凳宁坐十年冷，文章不写半句空”的工匠品格。

“岁月不居，时节如流。”《宁夏日报》一版是时代的封面，镌刻着宁夏解放70年来一个个悄然改变的面容。丛书第四册《岁月印痕》通过集萃《宁夏日报》70年一版版面，用另一种形式呈现了宁夏70年苟日新、日日新、又日新的历史。回看这些时代封面，你一定会感叹：解放70年来，塞上宁夏恰是风华正茂。

摄影记者是时代的眼睛。《宁夏日报》创刊70年来，一代又一代摄影记者用心、用情捕捉着一个个瞬间，见证了新中国成立以来宁夏一个个重要历史时刻，以及百姓平凡而幸福的光阴。丛书第五册《历史瞬间》，是一次宁夏70年精彩瞬间的集合。致敬每一个历史瞬间，因为这每一个瞬间都是不朽的！致敬伟大的70年，是这70年造就了这些不朽的瞬间！

70年光阴流转，2.5万多个日升日落，宁报人始终坚守在这块土地上，深耕着新闻。

致敬70年，再启新征程。这是我们给全媒体时代最好的回答，因为——“黄金时代，不在我们背后，乃在我们面前；不在过去，乃在将来。”

（作者系宁夏日报报业集团党委书记、社长、总编辑　宁夏报业传媒集团有限公司董事长）

目 录

攀登“珠峰”的英雄赞歌

（引　子）

马文锋

中国新闻奖犹如中国新闻界的“珠穆朗玛峰”。

第一届中国新闻奖是1991年开评的，至今已评了28届。每年全国新闻媒体挑选出数千件新闻力作，参加“珠峰论剑”，通常最终获奖的不超过350件。这如同奥运会一样，登不上领奖台的总是绝大多数。

28年来，宁夏日报报业集团（以下简称宁报集团）组织了一支支突击队，以“不到长城非好汉”的精神，一次次向新闻“珠峰”攀登。

在一年又一年的激烈竞争中，宁报集团有47名编辑记者、7名通讯员、2名实习生，把他们的名字题写在中国新闻奖的光荣榜上。获奖作品共有28件，其中一等奖3件、二等奖5件、三等奖20件。正好平均每届1件。

攀登新闻“珠峰”，是雄关漫道真如铁的远征，是精益求精工匠精神的赞歌。

本书讲述的，正是宁报集团获中国新闻奖作品的“幕后”故事。

宁报集团向中国新闻奖进军的历史，大致可以分为五个阶段。

第一阶段：山脚下寂寞的那些年（第一至第七届）

这是序幕拉开的阶段。听——第一曲还不错。

宁夏日报社记者于海、通讯员朱彦荣采写的《集资办学何其难　集资建塔反掌间》，获第一届中国新闻奖通讯三等奖，可谓宁夏日报社在中国新闻奖上的“开张之作”。

谁知此后一连六届，宁夏日报社记者采写的稿件都“珠榜”无名。

当然，宁夏日报社也并非一无所获。

通讯员李国汉创作、何富成编辑的《干——!》，获第七届中国新闻奖漫画二等奖。

同时，通讯员盛长旺、马国柱采写，赵英编辑的《特殊的寄宿》，获第七届中国新闻奖通讯三等奖。

有两件事，要特别说明。

第一件事，宁夏青年报社记者赵彬采写、韦军编辑的《乱收费已成为我区农民沉重负担》，获第三届中国新闻奖消息三等奖；青年生活导报社（原宁夏青年报社）记者赵彬采写、魏萍编辑的《草原无泪》，获第四届中国新闻奖通讯三等奖。那时，宁夏日报社记者对两获中国新闻奖的赵彬可真是“嫉妒羡慕恨”啊。后来，赵彬调到宁夏日报社工作。2003年，青年生活导报社划归宁报集团主管，改名为现代生活报社。赵彬等获得的2件中国新闻奖，自然就完全记到宁报集团的账上了。

第二件事，中国气象报社记者连小芳等采写的《5日傍晚有风暴》，获第四届中国新闻奖通讯三等奖。这当然不能记在宁报集团的账上，但连小芳后来调到宁夏日报社工作，现在是宁报集团总编辑助理，这篇作品我们特意列入本书“外一节”中，供大家欣赏。

第二阶段：在山腰处徘徊（第八至第十四届）

这一阶段，攀登的调子顺畅多了——一连七届，宁夏日报社记者在中国新闻奖上弹无虚发。

通讯员余峰、记者樊学宏采写，王学铨编辑的《宁夏在全国率先实现沙漠化逆转》，获第八届中国新闻奖消息三等奖。

通讯员杨锡文、杨峥父子俩采写，宗时风编辑的《乡村“土记者” 褒贬正民风》，获第九届中国新闻奖通讯三等奖。

记者王桂生采写、华少甫编辑的《尴尬的挂牌仪式》，获第十届中国新闻奖通讯三等奖。

记者李军采写、华少甫编辑的《莫引污染企业“走西口”》，获第十一届中国新闻奖通讯二等奖。

记者华少甫、李军、刘建华采写，白皋编辑的《河北大厂县养牛业蓬勃发展　宁夏泾源县养牛业徘徊不前》，获第十二届中国新闻奖消息三等奖。

记者华少甫、张虹、刘建华采写，杨兆海编辑的《宁夏优势产业面临挑战》，获第十三届中国新闻奖通讯三等奖。

记者王健采写、华少甫编辑的《固原羊只上"夜班"》，获第十四届中国新闻奖通讯三等奖。

大家发现了吧，有一个人创造了宁夏新闻界前无古人的奇迹。他就是华少甫——当年的宁夏日报记者部主任，第十至第十四届中国新闻奖一连获得1件二等奖、4件三等奖！这样的辉煌，在中国新闻界也不多见吧。他采写和编辑的"珠榜"题名的作品，全部以问题为导向，剖析的手术刀异常犀利。

别外，新消息报社记者何玉玲采写、杜海涛编辑的《苁蓉种子搭"神舟"四号返回》，获第十四届中国新闻奖消息三等奖，实现了《新消息报》在中国新闻奖上"零"的突破。

这一阶段，宁夏日报社虽然八次"珠榜"题名，但只有1件二等奖，其余7件均是三等奖。"会当凌绝顶，一览众山小。"全社上下对冲击中国新闻奖一等奖充满了期盼。

需要交代一下，此时宁报集团还未成立，宁夏日报社有《宁夏日报》《新消息报》和《小龙人报》3家报纸。

第三阶段：出乎意料的两次登顶（第十五至第十九届）

这是一个高潮突然迭起的阶段。

第十五届中国新闻奖评选，宁夏日报社再次坐了"冷板凳"。为什么又铩羽而归？全社上下很是失望。

现在看来，这个"问号"是在为来年的"感叹号"做铺垫吧。

2006年，是彪炳宁夏新闻史册的一年。

这年7月26日，宁报集团挂牌。

而不久前的6月26日至7月2日，在江西省南昌市举行的第十六届中国新闻奖评选，为宁报集团成立送上了一份意想不到的厚礼：

宁夏日报社“摘金、揽银、收铜”，实现了宁夏新闻界三个“零”的突破，成为全国省报在本届中国新闻奖评选中最大的赢家。

——记者高鹏采写、马文锋编辑的《中铁三局丢了宁夏市场》，获得消息一等奖，实现了宁夏新闻界在中国新闻奖一等奖上“零”的突破。

——记者姜美、实习生赵锐撰写，杨光编辑的《不要卖掉穷人的饭碗》，获评论二等奖，实现了宁夏新闻界在中国新闻奖评论奖上“零”的突破。

——周宏、王群主创的2005年9月22日《宁夏日报》一版版面，获版面三等奖，实现了宁夏新闻界在中国新闻奖版面奖上“零”的突破。

或许是第十六届太过绚烂了吧，第十七、十八届中国新闻奖评选，宁报集团重归平淡，颗粒无收。

第十九届中国新闻奖评选，宁夏日报社记者苏保伟采写、马文锋编辑的《郭昊东施工队巧绘北京奥运场馆“双唇”》获消息一等奖。这是宁报集团第二次成功攀上新闻“珠峰”之巅。

第四阶段：又是山花烂漫时（第二十至第二十三届）

这一阶段，宁报集团有5件作品获奖。

宁夏日报社记者申东、李云华采写，张虹编辑的《王玉欣照顾邻居四推搬家计划》，获二十届中国新闻奖消息三等奖。

宁夏日报社记者时明霞采写、周宏编辑的《青铜峡市让21名拾荒者体面“淘宝”》，获二十一届中国新闻奖消息三等奖。

新消息报社记者陈志强采写、张九阳编辑的《石嘴山市八中如此庆祝教师节》获第二十二届中国新闻奖通讯二等奖。

宁夏日报社记者沙新撰写的《改革创新做大做强党报旗舰品牌》，获第二十二届中国新闻奖新闻论文三等奖，实现了宁夏新闻界在中国新闻奖新闻论文奖上“零”的突破。

宁夏日报社记者王晓龙、实习生马楠（现为宁夏日报报业集团全媒体视觉频道记者)拍摄,王猛编辑的《草根"奥运"走过二十五载》,获第二十三届中国新闻奖摄影三等奖,实现了宁夏新闻界在中国新闻奖摄影奖上"零"的突破。

第五阶段:奋进在新时代(第二十四至第二十八届)

党的十八大以来,新闻工作发生了前所未有的深刻变化,新闻工作者肩负起了新的使命。

这一阶段,宁报集团的突击队5次攀登新闻"珠峰",战果不俗。

宁夏日报社记者李东梅、李云华、朱立杨采写,周宏编辑的《汉族大学生村官李浩全票当选回族村支书》,获第二十四届中国新闻奖消息三等奖。

宁夏日报社记者杨超采写、杨宗惠编辑的《社区干部:能否少点"纸上文章"》,获第二十五届中国新闻奖消息三等奖。

宁夏日报社记者沙新、连小芳、王玉平采写,马文锋编辑的《盐池县扶贫贷款零违约》,获第二十六届中国新闻奖消息二等奖。

新消息报社记者李辉、武晓瑜采写,张九阳、段春编辑的《银川全城接力让纪念章回家!》,获第二十六届中国新闻奖通讯三等奖。

最引人注目的是宁夏日报社张靖、何亚男、刘建华主创的2016年8月7日《宁夏日报》二至三版版面,获第二十七届中国新闻奖唯一的版面一等奖,实现了宁夏新闻界在中国新闻奖版面一等奖上"零"的突破,这也是宁报集团获得的第三个中国新闻奖一等奖。

第二十八届中国新闻奖评选,宁夏日报社李刚、狄虎、张九阳主创的2017年1月31日《宁夏日报》一版版面,获版面三等奖。

版面接连获中国新闻奖,展现了宁夏日报社编辑团队不凡的眼力、脑力和笔力。

"天风浪浪,海山苍苍。真力弥满,万象在旁。"今年是新中国成立70周年,也是《宁夏日报》创刊70周年,宁报集团正积蓄力量,再次向新闻"珠峰"进发。

第一章　山脚下寂寞的那些年

第一节　“开张之作”瑕不掩瑜

集资办学何其难　集资建塔反掌间

奇怪！校园内竟建佛塔

于　海　朱彦荣

在危房没得到彻底解决的中宁县舟塔完小校园里，最近出现了一件怪事——一座佛塔拔地而起。11月20日，我们去采访时，正赶上庙会。在校门右侧一个小棚里，供着众菩萨的牌位，烧香者络绎不绝。校门对面不足百米处是一座戏台，吹吹打打，煞是热闹。一进校门，映入眼帘的是一座高29.8米的砖木结构的佛塔矗立在学校的操场上。校长指着塔下七八幢破旧不堪的校舍说：“还有150多名学生挤在里面，桌椅都有30多年历史了。那几排新教室是靠上面拨款，群众集资盖成的。”据说佛塔是7月26日动工的，主体工程已快竣工。建塔的费用8万元全是周围农民捐助的；化缘的人马有6班，捐款的群众有7000，最多一户捐了5000元，贫困的农户也出了粮油。建塔时，自愿出工者每天近百人。教师们气忿地说：修塔出钱没人烦；一提到集资办学，有人就骂。学校改造危房时，花钱都雇不来人干活。建塔发起人、68岁的老人对记者说，在别处建塔搞不到地，只好建在学校操场上。他还向记者透露：想让学校向东挪挪，他们准备在学校西边盖庙，为菩萨修金身，资金不成问题。“修塔建庙的钱为何不用来给学校改造危房?”记者问。“学校有政府呢，我们管不着。”建塔发起人的回答使记者闻之愕然。集资办学不是造福子孙、功德无量的百年大计吗？如果修塔建庙影响了学生学习，如果危房不幸倒塌伤及人命，倘若佛祖“有灵”，也不感到无地自容吗？据了解，有关部门曾制止过修塔之事，但事态发展之快，令他们措手不及。

（刊发于1990年12月25日《宁夏日报》，获第一届中国新闻奖通讯三等奖）

“幕后”故事

“开张之作”瑕不掩瑜

马文锋

宁夏新闻界在中国新闻奖上的“开张之作”，是《集资办学何其难　集资建塔反掌间》，它获得第一届中国新闻奖通讯三等奖。

坦率地说，这篇稿件有点粗糙。

一是全文六百来字，但从头到尾竟然只有一段，也就是说没有分段。读者一口气读下来，真得有相当的肺活量。

二是文中只批评群众集资建塔、不集资办学，但对当地政府在教育上投入不够的问题只字未提，显得看问题还不够全面。

三是“教师们气忿地说”这句有一个低级错误，“忿”应当是“愤”。

这样不客气地挑错，是想显摆什么吗？

岂敢,岂敢。

惭愧,惭愧。

我正是此稿的编辑。

上述问题,是我近日翻看自己一本早已发黄的剪报本时发现的。

此剪报本中,粘贴了1990年12月25日《宁夏日报》"来信"版。

那时,我是个毛头小子,24岁,编发《宁夏日报》"来信"版才16个月,文字功夫差,还不怎么会写稿呢。

1990年12月25日的那期"来信"版,只有组版编辑的名,没有责任编辑的名。

奇怪吧?

原来,当时"来信"版是宁夏日报群众工作部的编辑们集体编稿,每人一或两篇,不便一一署编辑名,干脆就不署了。

顺带说一句,第一届中国新闻奖评选时未设编辑奖,所以我没有沾上此稿的光。

您或许会追问:编辑水平不高,难道记者水平也不高?

真让您说准了。

那时,此文作者之一的于海是宁夏日报记者部驻中宁记者站记者,参加工作才两年,也是新闻战线的"新兵蛋子"。

现在回看这篇稿件,于海也说它粗糙稚嫩,获中国新闻奖三等奖实在是误打误撞。当时他根本没意识到此稿能获中国新闻奖,采访时只用了一个来小时就收兵了。写稿时未精雕细琢,后来也没有跟进报道。

但新闻这行道,还真是初生牛犊不畏虎。

这时候的于海,虽然炉火纯青的新闻功夫尚未练成,但已显现出惊人的新闻爆发力,屡有稿件上头版头条,让与他同年同月生的我常常感叹:人家北京大学毕业的就是聪明。

虽说此稿有这样那样的不完美,但瑕不掩瑜。它之所以能获中国新闻奖,大概有这样一些因素：

一是以问题为导向。

佛塔哪儿不能建，为什么偏偏建在校园里？“新闻眼”能切到这个地方，稿件就成功了一半。

二是故事发人深省。

150多名学生挤在七八幢破旧不堪的校舍里面，桌椅都有30多年历史！读之令人动容。

文中说：“一提到集资办学，有人就骂。学校改造危房时，花钱都雇不来人干活。集资办学何其难！”为什么会这样？引人深思。

三是现场感强。

“11月20日，我们去采访时，正赶上庙会。在校门右侧一个小棚里，供着众菩萨的牌位，烧香者络绎不绝。校门对面不足百米处是一座戏台，吹吹打打，煞是热闹。”文中有多处这样生动的描写，从现场采来，沾着泥土、带着露珠、冒着热气，很鲜活。

四是反差对比强烈。

“集资办学何其难　集资建塔反掌间”，主标题很醒目，连用了两个“集资”，但目的完全不同，一个是办学，一个是建塔。这个标题不是于海拟的，也不是我修改的，而是一位高手的画龙点睛之笔，我佩服得五体投地。没有他加的这个标题，原标题《奇怪！校园内竟建佛塔》就少了许多铺垫、衬托，这篇稿件就少了许多“辣味”，没准就入不了中国新闻奖评委们的“法眼”。

展露这等功夫的，是我的恩师第五德贤，时任宁夏日报群众工作部主任。“第五”是复姓，“德贤”是名。

所以，对此稿获奖，我只是个跑龙套的，没什么贡献。居功至伟的，是第五德贤。

“气忿”之错，是个现在说不清楚的历史之谜。可能于海在稿纸上就这样写错了，而我也没有看出来；也可能是印刷厂排字工人把“愤”错排成了“忿”。不管是什么情况，最终的结果是看清样时，校对和签“付印”的人都没有发现这一错误，留下了一个遗憾。

总的来说，此稿展示了一个刚入职记者过人的脚力、眼力、脑力和笔力。

顺带说个小插曲。当年这篇稿件连宁夏好新闻一等奖都没评上，却被宁夏日报社领导推荐参加了中国新闻奖评选。如果不是当年报社老领导慧眼识珠，第一届中国新闻奖宁夏日报社可能就打哑炮了。

第二节　拿到"乱收费"材料之后

作品回放

这费那费　笔笔都向庄户人征收

乱收费已成为我区农民沉重负担

赵　彬

对于年平均收入只有500元的宁夏农民来说，日益增多的费用开支，使他们经济负担加重，实际生活水平无法提高。目前，如何减轻农民负担，已成为政府工作的主要话题。

在我区山川农村，普遍存在着向农民乱收费的问题。各类机构和一些名曰为农服务的组织在为农民提供了有限的且不包质量的服务之后，便纷纷伸手向农民收取各种费用。据调查，全区农村普遍存在的收费项目就有49种，这其中有扬场脱粒费、机翻机播费、统一植保费、淌水水管费、看场看粮费等。当然，这4项还未包括个别地市县临时性的收费项目。更严重的问题还在于，很多地方没有统一的收费标准，价格全靠干部说了算。这种做法使农民苦不堪言。去年，青铜峡全市农民人均负担115.7元，占上年人均收入的16.6%，大大超过了国务院关于农民负担费用不得超过上年收入5%的规定。

据自治区政府部门统计：1990年我区农民负担总量为10480.82万元，其中各级行政事业单位向农民征收的各类费用及罚款就有3636.85万元。一方面，农民要应付五花八门的收费和逐年增大的各项统筹、提留、承包款；另一方面，生资、生活用品的涨价和农副产品价格的偏低又造成农民背着过重的负担，生活水平下降。

在盐池的一些乡、镇，由于一吨水费3角钱，一度电5角钱，吓得农民宁愿继续吃窖水、点油灯，不敢问津现代化的生活。

若问“羊毛和棉花究竟哪个值钱？”人们会毫不犹豫地说：“当然羊毛值钱。”实际并非如此。当盐池农民把自产的羊毛卖给国家，再用卖羊毛的钱买棉花时，3斤羊毛的钱才能买回1斤棉花。自治区农调队队长说：“物价上涨和农副产品比价不合理，是造成农民实际生活水平下降的一个重要因素。”

为了减轻农民负担，保护农民的合法权益，自治区政府于去年年底制定出《农民负担管理暂行办法》，明确规定：农民除依法向国家缴纳税金外，只负担3项收费，即村（社）集体提留、乡（镇）统筹费、劳务（义务工每人每年5～7个、劳动积累工不超过20个）。集体提留和乡统筹费不应超过农民上年人均纯收入的5%。除此，对于其他各种名目的收费和要求农民无偿提供任何物力及劳务的，均属非法行为，农民有权拒绝。

法规出台了，农民在欢欣之余又忧心忡忡：保护农民利益还得靠各级政府，可是好经被歪嘴和尚念坏的教训实在太多了！

（刊发于1992年1月24日《宁夏青年报》，获第三届中国新闻奖消息三等奖，编辑韦军）

“幕后”故事

拿到“乱收费”材料之后

韦　军

赵彬连续两次获得中国新闻奖，是宁夏新闻界的传奇人物。她离开宁夏多年了，如今了解她的人不多。

她是宁夏青年报社初创期进报社的，和我同在一个办公室，就坐在我对面。

说起《宁夏青年报》，如今了解的人也不多。

《宁夏青年报》1984年试刊，1985年公开出版发行，后改名为《青年生活导报》。2003年整体划归宁报集团，改名为《现代生活报》。如今，《现代生活报》已停刊多年。

赵彬出生于一个军人家庭，家庭环境的影响让她从小养成了爱打抱不平的性格。这种性格被她带到了新闻工作中，为弱者鼓与呼，为无助者鸣不平，成为她的一个显著特点。《乱收费已成为我区农民沉重负担》，就是这种性格使然的结果。

1992年，宁夏农村工作会议召开。《宁夏青年报》因是共青团系统的行业报，没有派记者采访这次会议。会后，赵彬与参加会议的宁夏科技报社的一位朋友聊天时，得知与会者较多地触及农村乱收费问题，她的心立马冲动起来。

关注这类问题，并不属于青年报的“主业”，但赵彬就偏好这类“副业”。她让朋友找来了这次会议的简报，仔细研究，了解到不少“面”上的情况，譬如：“据自治区政府部门统计：1990年我区农民负担总量为10480.82万元，其中各级行政事业单位向农民征收的各类费用及罚款就有3636.85万元。”利用简报等材料，写篇问题报道是不成问题的，但如果真这样做，那赵彬就不是赵彬了。

她选择了用基层的实事来说话，一下子扎到盐池县等地的农村，进行深入采访。

“在盐池的一些乡、镇，由于一吨水费3角钱，一度电5角钱，吓得农民宁愿继续吃窖水、点油灯，不敢问津现代化的生活。”——这样有说服力的例子，只有在基层才能挖到。

“若问‘羊毛和棉花究竟哪个值钱？’人们会毫不犹豫地说：‘当然羊毛值钱。’实际并非如此。当盐池农民把自产的羊毛卖给国家，再用卖羊毛的钱买棉花时，3斤羊毛的钱才能买回1斤棉花。”——这样令人吃惊的事实，当然也只有在基层才能淘到。

很快她便写出了《乱收费已成为我区农民沉重负担》。这篇反映农村广大农民群众呼声的稿件，态度鲜明，用语精确，点面结合，有根有据，彰显了新闻媒体的责任和党性原则，获得第三届中国新闻奖消息三等奖。

这篇稿件首先体现了赵彬的眼力，即新闻的敏锐性。农村乱收费这类“谈资”司空见惯，通常是说说而已、听听而已，她却走心了，整出了不小的“动静”。

其次体现了她的脚力。到基层去找鲜活的例证，而不是在办公室坐而论道，这是看似很笨其实很聪明的新闻方法论。

那个时候没有电脑，写稿不同于现在的码字。赵彬有个习惯，写初稿时先不在稿纸正面的格子里写，而是写在稿纸的背面，这样字可以写得密一些、多一些、稍稍凌乱一些。

《宁夏青年报》创刊之初，采编部门全是年轻人，对彼此采写的每一篇新闻稿件，都无拘无束、毫无保留地进行交流与探讨。《乱收费已成为我区农民沉重负担》初稿写出来后，作为责任编辑，我先提出了一些修改意见。随后编辑部的其他同志也提出一些建议。赵彬充分吸收大家的意见建议，稿子修改后才抄写在稿纸正面的格子里，然后再交编辑部的同志讨论。等大家都觉得稿子没有什么问题了，她认认真真、一字一句地把修改好的稿子誊写在新换稿纸的正面，交给总编辑审签。

正是因为有了这种对新闻事业的执着与热爱，有了这种毫无保留、和谐交流与探讨的工作氛围，有了认真推敲、一丝不苟、无私奉献的敬业精神，才有了《乱收费已成为我区农民沉重负担》在中国新闻奖上一炮打响的成功。

第三节　草原无泪人有泪

作品回放

草原无泪

——宁夏“甘草事件”始末

赵　彬

草原上有一种动物叫中华鼢鼠，靠食草根为生，日啖草根40～50棵，中华鼢鼠对草场的破坏面积达21%～40%，是草原的天敌。

今年，世界环境日的第二天，宁夏一位政协委员来到盐池县，当看到昔日的青青草地因挖甘草而成为寸草不生的黄沙窝时，不禁感慨——“人类对草原的破坏远远胜于中华鼢鼠”。

1

地球上有条著名的甘草带，由亚洲一直延伸到北美洲的加拿大和美国，中国的宁夏就在这条甘草带上。

宁夏甘草，资源丰富，品质上好，故被称之为“黄宝”。在宁夏，甘草的主要产区是东南部的盐池、同心、灵武县的半干旱草原。

许多年来，每到开春化冻季节，当地老乡便抄起铲铲，走进吐青返绿的草原去挖甘草，一斤甘草值两三毛钱，老百姓靠“黄宝”换回个油盐酱醋钱。

甘草年年挖，年年大家都遵守着一个共同的规矩：4月份，天下过头场雨后，就扛起铲铲，走出草原回家种地了。

近年，这个沿用了多时的老规矩被破坏了。市场大潮载起了甘草这个商品之舟，甘草的身价一下涨到每公斤1.5元。一个劳动力挖一天甘草能挣20多元钱。这个数目对于长时期处于贫困状态的西北人来说，具有日进斗金的意义。

钱就埋在脚底下，有什么理由不挖呢？去年3月起，宁夏同心县的韦州、下马关、新庄集这些甘草产区，每天都有近万人漫山遍野地挖着刨着，过去挖甘草有个标准，不够大拇指粗的不挖，现在为了赚钱，采挖变成了掠夺，人们连麻绳细的甘草也不放过。

4月过去了，5月过去了，到了6月挖甘草的人仍不住手，同心县的十几万亩草场就这样被推了光头。

有人发了财，就有更多的人想发财。远在数百里外的海原人、西吉人、固原人也闻讯开着手扶拖拉机赶到同心、盐池、灵武，加入到挖甘草的行列中。灾难降临到北部这片草原上……

2

今年开春，同心的农民在本县挖不到更多的甘草，便蜂拥般地来到盐池县甘草产区萌城、惠安堡、马儿庄，在这里进行毁灭性采挖。

很快，萌城的草原被翻了个遍。之后，惠安堡的草场也遭此祸，进入5月，挖甘草的人拥进了马儿庄草场。几天前，离乡政府不足30里的那片千亩草场还一片葱绿，数日后就面目全非，只有满滩的土坑和黄沙。马儿庄的草场眼看就要被挖光了。邻乡冯记沟的万亩草场在劫难逃。

6月3日，马儿庄平台村的20多位农民赶到百公里外的县政府，请求政府出面保护草原。盐池县政府一面组织人力去现场制止挖甘草，一面连夜向自治区政府起草紧急报告。

该报告说："去年以来，同心、海原等地农民成群结队涌入盐池境内强行采挖、贩运甘草。这些人所到之处，不仅严重地破坏了草原、农田，而且强行封锁当地农民的水井、水窖，毁林烧草，甚至聚众闹事，殴打当地群众，拦路抢劫。事态发展至此，甘草已变宝为祸。”盐池县政府特请自治区政府赶紧采取措施，防止事态扩大。

从6月4日开始，到盐池马儿庄、隰宁堡一带挖甘草的人越来越多，越来越疯狂，四五千人开着上百辆手扶拖拉机冲进草原。他们破坏了草原，又开始向围栏草原、青苗进发。

6月6日这天晚上，中央电视台正转播纪念世界环境日的节目，电视中，孩子们深情地唱着：“留下太阳给森林，留下小河给大地，留下草原给牛羊，留下绿洲给后代。”

马儿庄的老百姓却面临着一个残酷的现实：全乡53万亩草场有40万亩被毁。其中被翻了个遍、寸草不留的达15万亩。这几十万亩草场是全乡人的立身之本啊！他们花了十年工夫，通过飞播、封育，好不容易才建成的草场，就这样完啦。

草原破坏了，他们将何以生存？对马儿庄的乡亲们来说，6月6日是个重大的日子，他们在度过了一个愤怒的白天之后，晚上又听到草原上挖甘草人们的喧闹。

忍无可忍中，他们行动了。这天夜里，马儿庄所有的村民都没有睡觉，他们选出了85名村代表，坐上卡车，连夜赶往首府银川。

6月7日，太阳升起的时候，这个农民请愿上访团来到了自治区政府大门口，他们请求区政府派人把挖甘草的人挡走；请求赔偿草原损失；请求保护群众生活安定。

3

盐池县草原站站长李德告诉记者，在盐池产干草的草场有180万亩，因挖甘草而毁掉的有150万亩，其中完全沙化、寸草不生的草场面积最少也在20万亩以上。

李德说：“完全沙化的草场，人工种植最快也得在8年后见效，靠自然恢复

10年都不行。”

10年，这正是国家花大力气种草种树，搞“三西”建设的时间；10年的“三西”建设，光投入的资金就有三四个亿。10年的心血毁于一旦，李德哀叹：“风吹草低见牛羊的景观，今后在盐池不会有了。”

马儿庄党支部书记陈璞说：“我们庄在‘三西’建设期间，飞播草场2万亩，从6月7日起，挖甘草的人闯进了这块草场，以每天翻地二百亩的速度在毁灭它。”

6月15日，记者来到马儿庄一块被毁坏的草场上，极目望去，千米之内没有寸绿，排在眼前的是一个挨一个的土坑和沙丘。

一群羊穿行在沙丘中。6月本是绿肥红瘦，牛羊扒膘的好季节，可眼前这群羊却个个瘦得背如老刀。牧羊人告诉我，这块草场有3000亩，是一个月前被毁掉的。

在这块草原上，我走了近10分钟，只捡到几蓬干枯了的马莲草和毛头刺。

“甘草事件”给盐池草原造成的损失有多大？李德算了笔账，按10亩草地养1只羊计，盐池一县今年减少2万只羊。

如果草原的损失用2万只羊就能抵得了，我们尚能有一丝安慰。看着久旱无雨的大地，看着黄沙在夏季也照样漫过公路，看着那些背着干粮、舞着铁锹，在烈日下不屈不挠挖地三尺，只为取一根麻绳细的干草的农民时，我的心如同枯井。

在采访“甘草事件”的这段日子里，有个问号紧紧缠绕着我：“破坏草原的代价是什么？”尽管我了解盐池、同心今年的旱情，也知道了今年头5个月，盐池光沙暴天气就出现了19次，但依然无法把握自然环境恶化的脉搏……

此次对草原的大规模破坏，绝非损失2万只羊所能补偿的，也绝不会因为部分农民挖甘草发了财，我们与大自然的这笔买卖就合算了。等着吧，有后悔的那一天！

4

一位知情者两次对记者说，去年6月1日，自治区在固原地区召开的抗旱会议上，同心县有关领导竟然把挖甘草当做本县群众生产自救的经验在大会上介绍。

记者在盐池听到这样一件事:今年5月,自治区党代会召开期间,灵武县代表就同心县群众到灵武挖甘草一事与同心县一位领导争执起来。这位领导说,同心人到你们那里去挖甘草,我们不好处理,你们看着办。再说现在群众穷得很,挖甘草增加点收入也不容易呢。

政府如此纵容,老百姓还顾忌个啥?马儿庄乡长告诉记者,同心来挖甘草的人公开说,现在全国开放了,草原也开放了,你们的资源,你们不开发,我们替你们开发。

"甘草事件"在去年就初露端倪,政府没能拿出任何有效的办法。直到今年6月7日,马儿庄农民进城上访前,宁夏的甘草采挖和运销还处于混乱的无政府状态中。

…………

5

在宁夏,甘草年年挡,年年挡不住。面对市场的冲击,阻挡人们挖甘草只能是被动无奈的举措。

市场经济对贫困地区的冲击,不止是观念的冲击和竞争力的冲击,当资源成为商品时,我们面临的首要问题就是:怎样在利用资源发展经济与保护资源、保护环境之间找一条可行的路。

6月14日,宁夏回族自治区政府关于《制止乱采滥挖甘草保护草原的紧急通告》见报。通告规定:"挖甘草的群众在本月15日撤离现场,返回家园。年内禁止单位和个人采挖甘草。"

6月15日,记者再次来到盐池,一度被挖甘草的外县农民占领了的惠安堡从15日一早便恢复了以往的冷清,街道上再也看不见整装待发的人和拉运甘草的大车、小车。被折腾了两个多月的马儿庄在15日也平静多了,乡长说,13日晚上还有上千人挖甘草,到了14日,一下全不见了。

不管怎么样,今年的"甘草事件"最终以政府的出面画上了句号。

明年的情况会咋样，谁也说不上。

“甘草事件”在留给我们很多话题的同时，也抹去了祖国北部毛乌素沙漠边缘上的片片绿地。

今天，电视中的孩子们在唱：“把草原留给牛羊。”

明天，孩子们也许会这样唱：“爸爸告诉我，草原在哪里？”

面对后代，我们如何回答？

（刊发于1993年6月25日《青年生活导报》，获第四届中国新闻奖通讯三等奖，编辑魏萍）

草原无泪人有泪

魏　萍

赵彬这篇获得中国新闻奖通讯三等奖的《草原无泪》，1993年刊发于《青年生活导报》。

作为此稿的编辑，我至今非常惋惜盐池县百万亩草原被毁的残酷场面，也忘不了市场经济大潮对同心、海原等地贫穷百姓的冲击。饱受干旱自然灾害之苦的乡亲们，以掠夺的方式从草原攫取甘草，令人愤恨之余，不能不陷入深思。

赵彬不仅描写了四五千人疯狂盗挖甘草的场景，还告诉读者这些草原是用三四亿元“三西”项目资金历时10年建设而成，要想恢复，代价何其大。

自治区政府发布禁止采挖甘草公告的第二天，赵彬再次来到现场，发现那些盗挖甘草的群众无声无息地消失了。他们其实不是强盗，只是为生计所迫。赵彬写出了她的忧虑：当资源成为商品时，我们怎样才能在利用资源发展经济与保护资源、保护环境之间找到一条可行的路？

甘草是宁夏“五宝”中的黄宝，滩羊则是“五宝”中的白宝。正是生长着甘草的盐池草原，养育出了盐池滩羊这个闻名于世的裘用和肉用品种。另一方面，盐池草原是一个非常脆弱的生态体系，经受不起疯狂盗挖甘草之灾。

赵彬选取当年6月6日“世界环境日”中央电视台的一个镜头：

孩子们深情地唱着：“留下太阳给森林，留下小河给大地，留下草原给牛羊，留下绿洲给后代。”就在中央电视台播放这个节目的晚上，马儿庄的老百姓却面临着一个残酷的现实：全乡53万亩草场有40万亩被毁，其中被翻了个遍、寸草不留的达15万亩。这几十万亩草场是全乡人的立身之本啊！他们花了10年功夫，通过飞播、封育，好不容易才建成的草场，就这样被毁了。

草原被破坏了，何以生存？马儿庄的乡亲们忍无可忍，选出85名村代表，坐上卡车，连夜赶往首府银川。6月7日，这个农民请愿上访团来到自治区政府大门口，请求政府派人把挖甘草的人挡走，请求赔偿草原损失，请求保护群众生活安定。

自治区政府从善如流，很快发布《制止乱采滥挖甘草保护草原的紧急通告》，一举扭转了被动局面。

《草原无泪》刊发10年之后，宁夏成为全国第一个全境封育禁牧的省区，这是多么的不易呀。最难转变的是观念，宁夏转了；最难下的是决心，宁夏下了。

26年前，盐池县是草原无泪人流泪。如今，经过多年封育禁牧的盐池县，是草原无笑人欢笑。2018年，盐池县在宁夏率先摘掉了全国贫困县的帽子。“甘草事件”的悲剧早已不再重演。

另一方面，在党中央、国务院的关心支持下，宁夏扶贫攻坚步步深入，同心、海原等贫困地区的穷困群众生活也大为改善，他们一定会同全国人民一道实现全面小康。

《草原无泪》的价值在于：呼吁政府与社会对同心、海原这些生活在不适宜人类生存之地的穷苦乡亲给予更多的关注，而不是止步于愤怒与谴责；希望越来越多的人思考“人与环境和谐发展”这个命题。

本文既有强烈的对比、反衬，也有令人震撼的场景描写，更有发人深省的批评、反思，是一篇上乘的舆论监督之作。

第四节　为《干——!》干杯

作品回放

干——!

李国汉

（刊发于1996年6月22日《宁夏日报》，获第七届中国新闻奖漫画二等奖，编辑何富成）

为《干——！》干杯

何富成

1997年的一天，宁夏日报社副总编辑王树禾突然闯进宁夏日报美术组的办公室，一进门就喊：“何富成，你把李国汉那幅漫画《干——！》找来，我要看看。”

我立即翻看剪报本，找到1996年6月22日的《宁夏日报》。那幅《干——！》刊登在三版《塞上画廊》专栏上。王树禾盯着那幅漫画看了足有两分钟时间，我和高学武（时任美术组组长）及另一位编辑李孟君，都愣在那里，不知道王总何意，也不敢多言。

他看完作品抬起头对我们说，这幅漫画获得第七届中国新闻奖了，而且是二等奖。

原来，第七届中国新闻奖新闻漫画评选的结果刚刚出来。王总一得到消息，就直奔我们美术组来了。

王总说，这届中国新闻奖漫画一等奖空缺了，《干——！》是二等奖第一名，差点获一等奖，只差了两票！

我们在遗憾之余更兴奋了，我当时就想，一等奖空缺了，二等奖第一名《干——！》也就是一等奖呀。

后经确认，《干——！》是宁夏漫画作者第一次获得中国新闻奖。当时我觉得这太不容易了。现在看来，这是迄今为止宁夏漫画作者获得的唯一一件中国新闻奖。漫画拿中国新闻奖太难了。

我是1995年调入宁夏日报社美术组的，担任《塞上画廊》《小蜜蜂》专栏的编辑。李国汉当时是宁夏汽车改装厂的总工程师，还是宁夏美协漫画艺委会副主任。他在宁夏漫画队伍中年龄不算最大，但画功最深厚，创作态度极其严谨，每幅作品精益求精，构思巧妙，制作精良，是受人尊敬的漫画家。1996年6月22日，《塞上画廊》头条位置刊发了我采写的通讯《总工程师·漫画家——记我区知名漫画家李国汉》，介绍了他的创作情况，同时刊发了他的四幅作品，《干——!》便是其中之一。

记得我第一眼看到这幅作品时，心里便"咯噔"了一下。后来想，这"咯噔"一下是被作品的构思和制作"震"了一下。瞧——这杯子一碰，一座工厂、一栋大楼就被干掉了，公款吃喝太可怕了！

这幅作品，将一座工厂和一栋楼放置在两个正在碰的酒杯里，构思太妙了，妙到不好用文字去阐述了。《干——!》几乎完美地诠释了漫画的所有特性：浅显、巧妙、深刻、夸张以及幽默。当然，任何优秀作品都是深刻的思想内容和完美的艺术形式结合而成，新闻漫画也不例外。这幅作品为构建视觉冲击力，以黑色背景做衬托，将两只手、两酒杯、一楼一厂凸显而出，让内容一览无余，集中呈现。

李国汉创作漫画几十年一直使用毛笔，这在宁夏漫画作者中很罕见，没有一定绘画功底的人是不轻易用毛笔的。你看画面中，无论是酒杯还是手，都画得这般生动，特别是这栋楼，这座工厂，刻画精细入微，立体感极强。所有这些，都体现着这幅作品的精品精神。

让我们为这段往事干杯，为《干——!》干杯！

第五节 丁家小院有朵莲

作品回放

特殊的寄宿

盛长旺 马国柱

8月12日，固原县国税局回族女干部丁晓莲的家里笑声阵阵，喜色融融，6名大中专学生围坐在丁晓莲身边，吃着西瓜，争先恐后地谈论着自己在大中专院校里的趣闻，俨然一家人。

这6位大中专学生既不是丁晓莲的亲戚，也不是她的同事，而是受过她资助的贫困山区的青年，他们是利用暑假特意赶回来看望丁晓莲的。

身为税务干部的丁晓莲有一副好心肠，她有两个孩子，全家三口人仅靠她每月500余元的工资生活，日子过得并不富裕。然而，当她看到固原连续几年大旱，许多乡下的学生到城里上学，由于家境贫困，吃住开销大，被迫失学的情景后，便打定主意为贫困的山里娃求学尽一些微薄之力。1993年，她把家里的房子腾出一间半，让从乡下来城里求学的贫困学生住宿，不但不收一分钱房租，还替他们交水电费，买煤洗衣洗床单。学生有病，她给端水送药；学生断粮，她把自己的粮拿过去接济；学生经济拮据，她三元五元十元八元资助。远离父母的乡下孩子在她这里找到了母爱，享受到了家庭的温暖。

张永刚是最早住进丁晓莲家的贫困学生，今年7月已由西安铁路警察学校毕业分配到了银川铁路公安处固原公安段工作。这位虎虎生威的男子汉每每提起在丁姐家住宿念书的那段日子，总是那么动情："1994年7月4日，离高考仅有3天，我忽然发起了高烧。本想硬撑着吃几片药了事，哪曾想下午几乎人事不知。恰逢此时，丁姐来看我们，她见我病得很重，不顾我的反对（当时我身无分文，怕看病花钱），便找来了架子车将我送到医院，直到5日下午我的病情才有所好转。6日，丁姐又拿了一些药给我，并亲手给我做了酸汤面。她说：'娃娃，考学是一辈子的事，什么也别想，为父母争口气，咱们人穷志可别短啊！'我含着泪使劲点头，带着丁姐的嘱托轻装上阵，终于圆了祖辈望子成龙的梦。"

马秉云是专门从长春水电大学回来看望丁晓莲的。他流着泪说："我欠丁姐的太多了。没考上大学丁姐照顾我，考上后丁姐还照顾我。临放暑假，我正为回家的路费犯愁。丁姐知道后，写信安慰我说：'别急，丁姐再苦也不会让你受罪的。'随后，她寄来了300元钱。手里攥着丁姐的钱，家贫如洗的我哭了。"

回忆起高考那段时光，马秉云永远也无法忘记丁姐那善意的教诲。"有一次，我复习功课感到有些无聊，便用身上仅有的2元钱买了一副扑克牌，与同屋的人玩了起来。正好丁姐下班来看我们，见我们打扑克，她脸气得发白：'看看你们这个样子，这么好的时光不抓紧学习，还能考上大学？'随后，她抓起扑克撕得粉碎。我心里不服：'我们玩干你啥事！'早把丁姐照顾我们，免费让我们住宿的事忘到九霄云外。高考前，丁姐拿来了三斤红糖让我们早晨起来冲了喝，提提精神。那时，喝着那甜甜的糖水，我心里感到非常歉疚。"

在北京邮电大学就读的吕维民接过话茬说："高考前一个月的一天晚上，同室的秦维斌忽然患急性阑尾炎，我们几个人把他送进医院，为钱的事犯难，谁知第二天一大早，丁姐便匆匆赶来看望，毫不犹豫地垫支了100元医疗费，并对我们说：'眼下正是高考复习的关键时刻，你们的功课要紧，这里由我照顾。'就这样，在秦维斌住院期间，他家中未来一人，全是丁姐一人操心。秦维斌终于康复并顺利参加高考，考入宁夏建筑学校。"

王学文在丁晓莲家住时间最长。去年,他以三分之差落榜,经过一年复读,今年终于金榜题名。不善言辞的他激动地说:"三言两语难诉丁姐之恩。我家在固原县红庄乡陈沟村,是西海固最贫困的地方之一,连续几年干旱,颗粒无收,家中生活无法维持。高中未上完,父母忍痛让我辍学挣钱养家糊口,我不想放弃学业,可又没办法。我正在人生的十字路口徘徊时,遇见了好心的丁姐,她让我住在她家,安慰我说:'这就是你的家,有困难就找丁姐,只要发奋学习一定会有出息的!'我记住了丁姐的话,无论酷暑寒冬,从不放松学习。丁姐待我像自家人,这几年报考的学费、回家的路费全是她给的。今生今世,我不会忘记丁姐的。"

丁晓莲的邻居马鹏恩不无感慨地说:"丁晓莲一家三口日子也过得紧,可她心眼实,愣是把几个山里娃当自己的孩子操心。曾有两位浙江生意人看上了她家的房子,找上门来以月租三百元,先交三年定金为条件求过她,她都没动心。丁晓莲把钱看得很淡,她是个好人。"

借住的学生时间长了心里过意不去,大家一合计想给丁晓莲少量的房租。她生气了:"丁姐要是爱钱,浙江人的钱难道不比你们的多?"

就这样,在丁晓莲慈母般的关心照顾下,借住的学生先后有10人考上大中专院校。除了前文已提到的几位大中专学生外,受丁晓莲资助考上大中专院校的还有河北地质大学的马忠宏、固原师专的陈小军、宁夏警校的石万钢、固原卫校的班晓玲和马丛荟。谈起这些学生,丁晓莲很激动:"只要他们能成材,我苦点累点又算啥!"

如今丁晓莲的家里又住进了求学的贫困乡下孩子,丁姐对他们的关怀一如既往。

(刊发于1996年8月23日《宁夏日报》,获第七届中国新闻奖通讯三等奖,编辑赵英)

“幕后”故事

丁家小院有朵莲

赵　英

丁晓莲的故事没有随着岁月的流逝被人们遗忘，而是历久弥新，越陈越香。她的事迹曾被改编成话剧《梅家小院》在全国巡演近300场，观众逾50万人次。2016年，她的事迹再度被编排成话剧《回族干娘》，在全国巡演。

丁晓莲是原固原县(现固原市原州区)税务局一名普通干部。1996年8月23日《宁夏日报·周末版》的一篇通讯《特殊的寄宿》，使她的事迹广为人知。

1996年8月，《中国税务报》驻宁记者站记者盛长旺、马国柱在彭阳县完成了一个采访任务，回银川途经固原县，在固原一中附近吃饭时，听有人谈起丁晓莲从1993年起用自家住房无偿帮助贫困生上学的故事，引起了他们的兴趣。他俩来到丁晓莲家，看到小院里贫困学生一个个正在埋头苦读，很受感动。他们在固原县住下来，在丁晓莲家采访了一个星期。采访中，一群考上大中专院校的贫困生前来看望丁晓莲，孩子们的肺腑之言、滚烫之情让盛长旺、马国柱夜不成寐，一气呵成写出了2000多字的通讯，一回到银川就送到宁夏日报周末编辑室。很快，此稿便在《宁夏日报·周末版》一版头条的位置刊发。

这是宁夏省级媒体首次刊发丁晓莲的事迹，事迹打动和感染了许多读者。中卫县一位署名“良心”的人给丁晓莲寄去1000元钱，银川市4位署名“党员”的人也寄去460元，支持她的助学之举。银川新华百货公司得知丁晓莲为资助贫困学生读书而借了很多外债，给她捐款1万元。

新华社和人民日报记者也纷纷采访丁晓莲，她的动人故事走向全国。甘肃省定西县地税局干部袁军，上世纪70年代因为家里贫困，曾经每天背着二两红薯面馍馍上学苦读，他从电波里听到丁家小院的故事时，不禁泪流满面，特意把一首《姐姐，我不再孤独》的小诗赠给了丁晓莲。诗中写道："我曾寻觅搏击人生的支点／有谁知道／在不远的固原／在和我一样贫瘠的旱塬／有朵莲／高过我仰望的视线／滋润我每个清晨每个傍晚"。

丁晓莲无私奉献、扶困助学的事迹被媒体报道后在全国引起强烈反响，国家税务总局和宁夏回族自治区政府分别做出了向丁晓莲学习的决定。

"任何东西都是越分越少，但唯有爱心是越分越多。"丁晓莲从1993年开始，直到2009年城市改造房屋拆迁，她家的小院一直是贫困学生无偿居住的家。在她的无私关怀和帮助下，先后有500多名学生在这里圆了升学梦。

有人可能会问：盛长旺、马国柱在丁晓莲家采访了一周之久，但似乎只报道了最后一天也就是8月12日6位大中专学生暑假看望丁晓莲的情况。这正是两位作者的高明之处。新闻采访一定要非常扎实，但新闻素材一定不能面面俱到地全用上，否则就可能成为"流水账"。

选择8月12日这一天来写，是因为6位大中专学生来得很集中，故事当然也很集中，可以从不同学生的不同感受中展现丁晓莲不同的感人侧面。还因为这6人都已考上了大中专院校，他们的苦读和丁晓莲的苦心都有了圆满的回报，可以更好地激励其他学生苦读。还因为这样写起来容易，在起承转合上不用费尽周章，只需听到什么写什么就行，此时在孩子们的真情表白面前，作者的描写、议论、抒情等技巧都是多余的。

外一节　一次比一次强烈的咏叹

5日傍晚有风暴

——一些有关“5·5”特强风暴的场外散记

连小芳　赵立斌　李枫兰

惨遭“5·5”特强风暴肆虐的人们，仍对黑色风魔心有余悸。

那场风暴，卷走了许多农民一年的指望，夺去了数百个家庭的幸福与温馨，将深重灾难留给了经济尚不发达的西部。

记者们敏锐的目光一度在这里聚焦。于是，各种与风暴有关的消息统统被昭示于报端，其中不乏大家手笔从风暴中领悟到的权威性的启迪。

然而，当我们重新抚摸历史的伤痕时，却意外地引发了另一种忧思。

一

如果不是那场猝然而至的灾难，5月5日留给宁夏人民的一定是满心的欢愉。

5月5日，立夏。与大风连绵的春季相比，立夏第一天让人更多地领略到了大自然的妩媚与温柔。姑娘们薄如蝉翼的夏装开始在街市上飘舞；沐浴在阳光中的孩子，鲜活得如初绽的鲜花……天清气爽，万象生辉。人们似乎没有理由不被陶醉！

然而气象部门却极其“不和谐”地焦灼起来。下午4点多钟，由主管业务局长、高级工程师参加的预报会商已接近尾声，他们做出了与3日、4日相符合的预报：5日傍晚至夜间，全区有大风、降温天气过程，局地将出现沙尘暴。

尽管不少新闻媒介已在前两日连续"广而告之"了5日大风、降温预报，但此时，气象科技工作者们继续保持着紧张状态。

马占山局长立刻将灾难性天气预报向政府办公厅秘书长汇报，建议通过政府信息渠道，迅速通知各地县采取防范措施。

17时前后，一份份大风、降温警报及防灾部署随即从自治区党委传真发往各地。

星罗棋布的气象台站，像一张巨大的天气感应网，将他们捕捉到的最敏感的信息，借助于电话、天气警报发射机等，迅速传递给人们。

新闻单位也同时忙碌起来，在相同或不同时刻，向人们反复发布着同一则忠告。

二

被誉为自治区十佳大中型企业之一的青铜峡水泥厂，接到预报后正有条不紊地着手风暴前的防御工作。总调度长曹炳仁待各车间职工检查完线路，安置好机械、设备，覆盖好露天场地的上千吨水泥，并亲眼看着生产车间的最后一扇窗户紧紧关闭之后，才匆匆向三面被干渠包围着的运动场走去。他惦记着正在那里酣战和观看球赛的300多名职工。

骑自行车忙碌了一天的中宁县气象局职工范天信、史国文等人，总算松了一口气。最让他们感到踏实的，要算正在乡上开会的县政府领导听到气象信息后的果断决策。此时，几个人又来到田间，为气象局周围的菜农进行现场服务。他们明白：要填满中宁县城乡人民的菜篮子，这儿的500间温棚可是起着举足轻重的作用。

风暴来临之前，青铜峡市小坝镇小坝村5队的农民结伴买来了绳子、铁丝，将40个塑料蔬菜大棚网得密实而坚固。

然而，"乐天派"却在盲目地优哉游哉！

整整一天，某县建材厂的李厂长都被绚丽的阳光拥抱得如痴如醉。自去年

10月投产以来，他们厂的机砖一直销路看好，看着一架架堆放整齐的砖坯，李厂长笑得如阳光一样灿烂。他似乎彻底否决了清晨气象部门通知他的“大风、降温”之说。

是的，仍有那么一些人，望着明净的天空，宁愿相信傍晚的大风是一个夏日里的童话。

三

傍晚19点26分，满天狂风卷着沙尘如决堤的洪峰，直逼中卫县而来。一小时之后，宁夏境内被风暴盖过。这场风力为8～12级的风暴，强度之大，来势之猛为多年来所罕见。其中中卫县瞬时风速达38米/秒，突破了历史记录。

…………

当青铜峡水泥厂的曹总调度长闻到一股呛鼻子的黄土味同时看到滚滚逼近的狂飙时，立刻意识到这便是气象部门所说的风暴。

说时迟，那时快，曹总调度长立即与另外两名领导守住运动场大门，不让惊慌失措的球迷们挤出门外。

接受采访时，厂领导高兴地说，在那场风暴中，他们的人员、财产无一受损。

中宁县主管农业的副县长称赞完准确及时的预报服务后，说他们将损失减少到了最低程度。几个数据似乎可以证实此话的正确性：4家采取防御措施的机砖厂，未受任何损失；全县近1000个塑料蔬菜大棚，只有59个残旧或没有防御的大棚遭灾；农技推广站的5亩双重膜小弓棚稻秧，在风暴中安然无恙。

当青铜峡市某乡队96%的菜农被风灾毁于一旦的大棚搞得苦不堪言时，该市小坝村的菜农们却在欢天喜地地清点着手里的钞票。他们的集体行动赢得了一致性的胜利，没有一个大棚在风灾中受到损害。

李厂长的情绪绝对没有5日高涨。大风卷走了他的许多围帘，吹倒了他的5架砖坯……那场风暴，使他建厂后纯收入的12.5%付之东流。

大自然的肆虐更给中卫县留下了满目疮痍：大风所到之处，许多危房和建筑设施倒塌，树木折断或被连根拔起，部分工厂和居民区停电停水。这一晚上，这个县有1787只羊被大风卷入渠中淹死。有11595亩农作物遭灾，成百亩的塑料地膜大棚被风吹毁。24人死亡，6人失踪，38人受伤，直接经济损失达12,133,900元。

走进中卫县民政局，60岁的陈万虎老人接待了我们。许是事隔数日且记者频频光临的缘故，那份灾情通报对老人来讲已经成为一些长而枯燥数字的汇总。可讲起24条被风暴吞没的生命时，老人却难以平静。宣和乡马伏荣夫妇被风暴卷入水渠中之后，留下了4个尚未成年的孩子和一位83岁的老母亲；城关镇吴家三兄弟的4个孩子全部被刮入渠中淹死……24名遇难者中，绝大多数是6至12岁溺水而死的儿童。

我们悄然落泪了。那些娇弱的孩子——明天的太阳，抵御自然灾害的能力是那样微弱，可他们的父母，为什么不会利用人类文明成果——气象科技信息去保护他们的孩子？

“人们也实在是太麻痹！风暴前，我们在转播宁夏人民广播电台的天气预报时，曾接连几日听到过对5日大风、降温天气的警报……”中卫县人民广播电台播音员纯正的男中音，在我们耳际久久回荡。

“我们直到5月7日才收到自治区党委办公厅5日的传真。”××县政府办公室副主任的话，引发了我们更深的忧思。

四

风暴的淫威令人们对气象科技信息刮目相看。

受灾农民说：下次预报有风，我们说什么也得防。

李厂长特地在半成品车间门口竖起黑板，要求及时将天气预报写在上面，以告厂民。

中卫县政府在5月8日召开的灾情电话会上，批评个别干部及乡镇领导由于忽视气象信息致使人民生命财产遭受损失的同时，要求新闻单位大力宣传气象科技信息的重要性，增强干部、群众的气象意识，提高气象信息的传递时效。

…………

痛定思痛，经历了风暴的人们，此时到底在想些什么？

科学的佛啊！当灾害再次来临，人们是否会真正膜拜于您的脚下？

（刊发于1993年7月1日《中国气象报》，获第七届中国新闻奖通讯三等奖）

“幕后”故事

一次比一次强烈的咏叹

马文锋

行业报记者获中国新闻奖是很难的，行业报偏远省份驻站记者获中国新闻奖更是难上加难。

《中国气象报》宁夏记者站记者连小芳和同事采写的《5日傍晚有风暴》获得第四届中国新闻奖通讯三等奖，实现了《中国气象报》在中国新闻奖上“零”的突破。

当时的连小芳27岁，正是在新闻业务上拔节的时候。

这篇稿件文笔很细腻，男记者一般写不出这样的风格。

故事讲得很有层次。经过开头三段铺垫后，作者布下了相声所说的“包袱”，也就是卖了一个关子——“然而，当我们重新抚摸历史的伤痕时，却意外地引发了另一种忧思”，将读者的心一下子揪了起来。

第一、二、三部分，层层铺垫、层层递进，第四部分为痛定思痛的收官，再扣主题。

本文最大的特点是，三次使用对比反衬手法，犹如一次比一次强烈的咏叹。

第一次，是5月5日立夏截然不同两种天气状况的对比反衬——白天，大自然"妩媚与温柔"，"姑娘们薄如蝉翼的夏装开始在街市上飘舞；沐浴在阳光中的孩子，鲜活得如初绽的鲜花……天清气爽，万象生辉"；而傍晚，"满天狂风卷着沙尘如决堤的洪峰，直逼中卫县而来。一小时之后，宁夏境内被狂暴盖过。这场风力为8～12级的风暴，强度之大，来势之猛为多年来所罕见。其中中卫县瞬时风速达38米/秒，突破了历史记录。"

第二次，是截然不同两种对待天气预报态度的对比反衬——有的，"有条不紊地着手风暴前的防御工作"；有的，"望着明净的天空，宁愿相信傍晚的大风是一个夏日里的童话"。

第三次，是截然不同两种结局的对比反衬——欣喜的是，有的单位"人员、财产无一受损"；悲痛的是，生命不能承受如此之重："这个县有1787只羊被大风卷入渠中淹死。有11595亩农作物遭灾，成百亩的塑料地膜大棚被风吹毁。24人死亡，6人失踪，38人受伤，直接经济损失达12,133,900元。""宣和乡马伏荣夫妇被风暴卷入水渠中之后，留下了4个尚未成年的孩子和一位83岁的老母亲；城关镇吴家三兄弟的4个孩子全部被刮入渠中淹死……"

本文还深刻地揭示了天灾与人祸的关系：天灾造成了人祸，人祸扩大了天灾危害！

"5·5"特强风暴，是宁夏有史料记载以来力量最强大的一次风暴。

比特强风暴更强大的是科学普及的"风暴"，只要人们相信科学、依靠科学，用科学普及的"风暴"武装头脑，就能将特强风暴的威力化解到最小。

而新闻宣传，会使科学普及的"风暴"更有力量。

新闻的核心技巧是讲好故事，对比反衬是讲好故事的手段之一。本文将这一手段运用到了极致。

第二章　在山腰处徘徊

第一节　只有中国才能实现的逆转

作品回放

水利和植物治沙相结合　工程和生物措施一齐上

宁夏在全国率先实现沙漠化逆转

余　峰　樊学宏

我区科技工作者和广大群众经过多年探索，创造出了水利治沙和植物治沙相结合、工程措施和生物措施一齐上的综合治理沙漠化土地的成功经验。据有关部门调查，我区沙漠化土地由70年代的1.65万平方公里减少到1996年底的1.26万平方公里，下降23.6%，成为全国第一个实现沙漠化土地面积减少的省区。

我区三面处于沙漠包围之中，85%以上的土地荒漠化，林木覆盖率低，生态环境脆弱，防止和治理荒漠、改善生态环境是全区经济与社会发展的长期任务。改革开放以来，全区先后投资2.5亿元，兴建了10多处扬黄灌溉工程，发展水浇地6.67万公顷。去年竣工的跨越陕甘宁3省区的盐环定扬黄工程，不仅结束了沿渠两侧人民饮用高氟水的历史，还开发沙荒地两万公顷。这些水利工程的兴建，使昔日的干旱沙区出现了片片绿洲，减轻了风沙灾害对平原老灌区的侵害。

植树造林是防风固沙的根本措施，50年代后期至60年代我区营造了河西、河东两大林带，1970年以来又实施“三北”防护林一、二期工程，营造了农田防护林网。大规模的植树造林，使我区平原区的林木覆盖率由0.8%提高到9.3%，年平均风速下降26%，危害农业的“热干风”和“青干”灾害趋于消失。1980年初，在我区沙区通过固定草原使用权，制定“谁治理，谁使用，允许子女继承、转让，长期不变”等政策，实施“以草定畜”等措施，调动了沙漠地区农牧民防沙治沙的积极性，滥垦、滥牧、滥采和滥挖的现象得到遏制。全区人工治沙造林种植乔灌木4.3万公顷，飞机播林种草2.4万公顷，人工种植牧草及改良草原3.9万公顷，封沙育草1.6万公顷。沙漠化严重的盐池县采取多种措施治理荒漠，使150万亩流动沙丘得到治理，100多万亩退化草原恢复了植被。全区森林资源持续增长，森林覆盖率由新中国成立初的1.3%提高到6.37%。

（刊发于1997年6月18日《宁夏日报》，获第八届中国新闻奖消息三等奖，编辑王学铨）

“幕后”故事

只有中国才能实现的逆转

吴宏林

“当宁夏林业职工从《宁夏日报》得知宁夏在全国率先实现沙漠化逆转的消息后，非常兴奋。”回忆起22年前的往事，宁夏葡萄酒与防沙治沙学院院长余峰依然激动不已。

上世纪70年代，宁夏荒漠化土地面积占国土面积的85%，森林覆盖率极低，生态环境极度脆弱。上世纪80年代前后，由于植被破坏严重，宁夏沙尘暴肆虐。当时在宁夏林业厅从事宣传工作的余峰至今还记得，每到春秋季节，只要一起风，黄沙漫天飞扬，严重时会刮得10多米外都看不清东西。“上世纪90年代初，宁夏一年沙尘天气超过20多次，强沙尘暴天气也有七八次。”余峰回忆说。1993年4月下旬至5月初在宁夏、内蒙古、甘肃发生的特大沙尘暴，造成了人员伤亡。

为了改变这种状况，宁夏回族自治区在成立之初就开始进行荒漠化防治工作。那时候没有机械化设备，靠人拉肩扛在沙漠中植树造林。由于效率低、效果不太理想，许多人都产生过放弃的思想。可是每到春天沙尘暴一刮，人们改善环境的愿望和防沙治沙的斗志又被激发起来。余峰说：“宁夏三面环沙，那时候的沙尘暴太厉害了，尤其是盐池、陶乐、灵武等地，不治都没法生活了，好多农民的住房被沙子埋了，盐池县黎明村等村庄的农民被迫搬迁，离开自己的家园。”

经过几十年的治理，宁夏荒漠化和沙化状况开始明显好转。1997年，国家监测的结果显示，宁夏沙漠化土地面积由上世纪70年代的1.65万平方公里减少到1996年底的1.26万平方公里，下降了23.6%，成为全国第一个实现沙漠化土地面积减少的省区。

这一监测结果让余峰振奋：“我要为宁夏治沙人喝彩！”余峰与宁夏日报社记者樊学宏合作，经过深入采访，写成了消息《宁夏在全国率先实现沙漠化逆转》，1997年6月18日“世界荒漠日”这天，《宁夏日报》头版头条刊发了这条消息。

“宁夏在全国率先实现沙漠化逆转这件事，不仅在宁夏生态建设史上是件大事，在全国防治荒漠化工作中也是件喜事，对我国加大生态建设力度、保护生态环境工作具有示范性的意义。”余峰说。这篇新闻稿件使宁夏防沙治沙的成功经验得到广泛传播，全国许多省区纷纷来宁夏学习。

这篇稿件将宁夏防沙治沙的经验归结为两条，也就是肩题所概括的“水利和植物治沙相结合　工程和生物措施一齐上”。现在来看，其实宁夏实现沙漠化逆转，归根结底是中国国家战略的胜利——如文中提到的国家实施三北防护林工程；也是发挥人民群众力量的胜利——如文中提到的“沙区通过固定草原使用权，制定‘谁治理，谁使用，允许子女继承、转让，长期不变’等政策，实施‘以草定畜’等措施，调动了沙漠地区农牧民防沙治沙的积极性”；更是社会主义制度优越性的体现——只有中国才能集中财力物力人力，创造出逆转生态环境恶化这样的奇迹。

第二节　农民通讯员的新闻秘诀

乡村“土记者”　褒贬正民风

杨锡文　杨　峥

回族聚居的灵武市郭家桥乡远离市区，前些年，乡村成立了通讯报道组。在乡村干部的支持下，这些“田秀才”们经常在一起交流写作经验。他们办黑板报和乡村广播站，积极为新闻单位投稿，利用手中的笔褒扬正气、针砭时弊、陶冶民风，被乡亲们亲切地称为“咱们的土记者”。

一次，山水沟村七队年过七旬的回族老人马建堂得急性阑尾炎动手术，儿子们都在外做生意，四个儿媳凑足手术费，轮流侍候，端屎倒尿，精心护理。报道组的人跟踪写了一篇通讯《四个儿媳抢公公》，很快被五家新闻单位采用，村民们争相传阅，人们纷纷以四妯娌为榜样孝敬老人。老年人再婚，曾是农村的禁区，郭家桥乡有一位老人想再婚，人们背后议论纷纷："人老心花"、"不正经"等等，儿女们也觉得抬不起头来。报道组针对这种情况写了《马二爷婚事的风波》、《儿女搭鹊桥 老翁结良缘》的稿件，让人们认识到老年人再婚是合情合理的，是社会进步的表现，是受法律保护的。如今，郝家桥乡共有128对老年人喜结连理。

报道组还敢于针砭不正之风，反映群众的呼声。1995年，郭家桥乡500多户养奶牛户给乳品厂交牛奶拿不上奶款，报道组向新闻单位写了呼吁信《牛奶白条何日清》，《宁夏日报》刊登后引起市领导的重视，在15天内解决了拖欠半年的奶款，养牛户高兴得奔走相告。青年马某好逸恶劳、嗜赌如命，把好好的一个家输得一无所有，亲朋好友劝说听不进，村干部批评不服气。他的婆姨找到报道组，报道组写了《赌博毁了这个家》的稿件。县广播站广播之后，村民们纷纷批评他，为郭家桥乡人丢了脸，这下他羞愧难当，痛改前非。如今夫妻俩和和睦睦，小日子过得红红火火。

十几年来，这个乡先后有17人从事业余新闻报道，平均每年为新闻单位供稿近百件，这不仅提高了郭家桥乡的知名度，锻炼了一批人才，更为净化乡风，推进社会主义精神文明做出了贡献。近年来，乡里刑事犯罪率明显下降，全乡人尊老爱幼、邻里和睦，粮食定购任务年年超额完成，各项提留年年如数交清，计划生育工作也受到上级的表彰。每提到这些成绩，干部群众们总会说：这里面有我们"土记者"的一份功劳。

（刊发于1998年2月2日《宁夏日报》，获第九届中国新闻奖通讯三等奖，编辑宗时风）

"幕后"故事

农民通讯员的新闻秘诀

宗时风

第九届中国新闻奖评选，农民通讯员杨锡文、杨峥父子俩"抢"了宁夏日报记者的"彩头"，夺得通讯三等奖。

杨锡文是土生土长的郭家桥乡（原属灵武市，现属吴忠市利通区）农民，仅有初中文化，四十不惑之年才开始给县乡广播站投新闻稿。

杨锡文在十里八村名气很大，乡村里发生的事，老有人讲给他听。他笔下的新闻故事，因来源于生活而充满了时代感；他笔下的人物，因植根于乡土而充满了人情味。

1998年，我是《宁夏日报》"读者之友"专栏的编辑，专门编发通讯员的稿件。读了杨锡文、杨峥父子俩寄来的《郭家桥乡有群"土记者"》一稿，我觉得特别生动有趣，几经斟酌，把标题改为《乡村"土记者"　褒贬正民风》，并向报社领导建议在一版刊发。这篇稿件1998年2月2日在《宁夏日报》一版刊发后，被多家媒体转载。

说实话，我和杨锡文、杨峥父子都没想到，此稿竟然能获得中国新闻奖。成了当地新闻界名人后，杨锡文常这样介绍自己："我是个农民，写的文章获了奖，这是市上、乡上重视本土文化的结果。"平实中透着农民通讯员的新闻自信，更是文化自信。

《乡村"土记者"　褒贬正民风》的特点是什么？

一、写的全是作者身边家长里短的小事，真实生动，乡土气息浓郁。

二、将"举例说明"这一新闻秘诀运用得炉火纯青。

有人会问："举例说明"也是新闻秘诀？

确实是,因为许多记者并未真正掌握它、熟练运用它,不知道一个例子胜过一千句空洞的总结、议论。

《乡村“土记者” 褒贬正民风》举了四个例子,就把“土记者”利用新闻舆论褒扬正气、针砭时弊、陶冶民风的特殊力量真实、生动地彰显出来了。

第一个例子,“土记者”采写的《四个儿媳抢公公》,引得村民们争相传阅。

第二个例子,《马二爷婚事的风波》《儿女搭鹊桥 老翁结良缘》等稿件,让人们认识到老年人再婚是合情合理的。

第三个例子,《牛奶白条何日清》在《宁夏日报》刊登后引起市领导的重视,在15天内解决了拖欠半年的奶款,养牛户高兴得奔走相告。

第四个例子,《赌博毁了这个家》一稿在县广播站广播之后,促使嗜赌如命的马某痛改前非。

原来,好新闻的采写竟然如此简单。

第三节 对形式主义的当头棒喝

作品回放

尴尬的挂牌仪式

王桂生

8月18日上午9时许,固原县政府办公楼对面的人行道上,一阵震耳欲聋的鞭炮声引来了两位无事的过路群众远远地驻足观看。固原县民情民意调查办公室成立挂牌仪式总算有了观众。

这种只有两名非正式观众的“隆重挂牌仪式”令人尴尬可笑。主席台上,有关部门的十几位领导按级别分两排正襟危坐。台下一名记者忙着录像，旁边有几位工作人员在低声聊天。仅有的那两位观众不知发生了什么事，莫名其妙地听着领导通过麦克风先后发表热情洋溢的讲话，对讲话中诸如“隆重的挂牌仪式”、“重大意义”、“热烈的祝贺”等语句更是一脸的茫然。每位领导讲话完毕，唯有主席台上发出稀稀拉拉的掌声，同时伴有七八米外马路上来往汽车的喇叭声。随后，接牌、座谈……两位观众糊里糊涂地走了。

（刊发于1999年8月23日《宁夏日报》，获第十届中国新闻奖通讯三等奖，编辑华少甫）

对形式主义的当头棒喝

马　骏

《尴尬的挂牌仪式》，这篇对形式主义予以当头棒喝的现场短新闻，20年后我记忆犹新。

1999年它刊发在《宁夏日报》一版右下角，位置不起眼，但内容很吸引人。当时我不由得连连叫绝，为作者王桂生的新闻敏感叫绝，为他刁钻的写作角度叫绝，为如此深刻的内涵却蕴含在如此短小的篇幅中叫绝。

如今，再次提起这篇通讯，王桂生说，他当时到固原县委大楼，去找一位县领导，有人指着对面说，领导们都在那儿出席活动呢。县委大楼对面是县统计局，一条马路之隔。王桂生纳闷：“有这么多县领导参加的活动，一定很重要，怎么没有通知我呢？”他赶忙过去，想看个究竟。

活动现场，个个正襟危坐，轮番讲话……就是稿件里描述的情景，没有一丁点儿夸张。十几位县级领导，对着空空如也的大马路。

发言者一个接一个对着麦克风讲话，仪式按部就班地一项接一项进行，看上去，极有仪式感，没一个人感到荒唐。这一场景让王桂生吃惊。

回到《宁夏日报》驻固原记者站，他将自己的所见所感写了出来，传回宁夏日报。

当晚，宁夏日报总编室主任王晓农给他打电话，问："你批评的是一个县的四套班子，稿件里写的是不是你亲眼所见？"王桂生说："是我亲眼所见，我可以对这篇稿件的每一个字负责。"王晓农当即拍板："只要你能保证新闻的真实性，我们就敢发！"最后这篇小稿子被发在了一版。

后来，固原县委宣传部的同志气呼呼地找到王桂生，埋怨他"一下子把县里四套班子领导全批了"。

王桂生说："作为记者，这是我的责任。"

有趣的是，过了一段时间，县委宣传部的这位同志又乐呵呵地找到王桂生，连连道谢。

原来，县上类似于《尴尬的挂牌仪式》中揭露的现象真是不少，县领导都非常反感这种形式主义，遇到庆典、挂牌等场合极不乐意去，但又不能不去，深感无奈。《尴尬的挂牌仪式》一刊发，县领导们都说，《宁夏日报》批评得对。县里还专门下了文件，对庆典、挂牌等活动作出约束性规定，不允许再搞形式主义这一套。县委宣传部的这位同志由衷地对王桂生说："你批评得对，对我们的工作有很大的促进。"

王桂生后来在给大学生讲新闻写作时说："采访时，越让你吃惊的东西，新闻价值越大。能引起记者吃惊的东西，也一定能引起读者吃惊。所以，要抓住采访时那些让你一闪念、一愣神的东西去写、去强化，往往就会写出好新闻。"

如今回看这篇获第十届中国新闻奖通讯三等奖的作品，最大的特点就是短小精悍，像小品和折子戏一样精彩。全篇运用白描手法，寥寥数语就勾勒出镜头感十足的画面。通过只有两名观众在场与发言者强调的"隆重的挂牌仪式"

"重大意义"等进行强烈对比，讽刺异常辛辣。"随后，接牌、座谈……两位观众糊里糊涂地走了。"结尾犹如国画技法中的留白，意蕴悠长，引人深思。

第四节　在沙漠腹地寻找排污口

莫引污染企业"走西口"

李　军

西部大开发战略，给素有"塞上江南"美称的宁夏的经济大发展带来了千载难逢的历史机遇。宁夏，这片尚待开垦却蕴藏着无限商机的沃土，吸引着大批的东部"淘金者"。

改革开放以来，我区不断加快基础设施建设，改善投资环境，并加大对外开放、招商引资的力度，使一批精明的江浙、闽沪人带资金、带项目，纷纷在此安家落户，有的东西部合作项目已开花结果。然而，随着东部地区经济飞速发展，东部人环境保护意识不断增强，对污染的治理越来越重视，一批化工、冶金重污染企业已不受欢迎，有的已无立锥之地。东部有些地方为了不使这些企业胎死腹中，便把本地挤出的项目拿到上项目心切的西部地区。我区一些地方在引资引项目中，把东部已被淘汰的污染项目引了进来，导致当地的生态环境遭到破坏。1998年，江苏无锡锡山市的一家私营企业在中卫县吊坡梁沙漠上建起了一所染化厂，该项目给地方增加了税源，而且安排了一部分劳力，县上对此津津乐道。最近，记者从当地环保部门了解到，该项目上马时未进行环境影响评价就开工建设，实际上是一家污染企业。这个企业虽然坐落在沙漠上，但选址不合理，处于上风向和上水向，尤其是苯甲醚有机物渗漏速度快，主要对迎水地区的地下水产生污染，该有机物对人体的危害相当大。在石嘴山河滨工业园区，1994年，福建一客商在此安营扎寨，投资建起了年生产5000吨发泡剂的化工企业。去年，经市环保局调查，该项目主体工程建设中没有相应的污染防治设施。结果造成生产过程中产生的缩合母液、废酸液等工业废水严重超标未经处理而污染了水源，酸雾排放、氯气泄漏造成大气环境受污染，而且对周围居民身心健康造成危害。石嘴山市环保局于1999年7月1日责令该企业限期治理。目前，该厂正在上治污设施，边整改边生产。

生态环境保护和建设是西部大开发的切入点。所以，我区在实施开放带动战略中，计委、环保部门应紧密合作，在选项、立项上把好关，防止东部污染企业西移。在西部大开发中，不能再走某些地方的老路，把一些重污染又缺乏治污设施的工业项目引进来，更不能以牺牲生态环境为代价求得短期的经济效益。

（刊发于2000年3月26日《宁夏日报》，获第十一届中国新闻奖通讯二等奖，编辑华少甫）

“幕后”故事

在沙漠腹地寻找排污口

张慈丽

时隔19年，李军依然清晰地记得，2000年的那个新年过得有些沉重。时任《宁夏日报》中卫记者站记者的他，接连几天睡不安稳。

前些天采访时听说中卫县在招商引资中从江苏省引来一只“金凤凰”，县上对此津津乐道，天天大会小会上讲，说是不仅给中卫县带来不少税收，还解决了当地部分剩余劳动力的就业问题。

这是好事呀。李军抱着正面宣传的想法走进这家民营企业进行采访,县上相关领导和企业上上下下尽拣好的说,但当地不少群众反映的情况与此大相径庭,李军渐渐意识到此事疑点重重。

经过初步调查,李军发现,这家名为锡山市明盛染化厂的企业,给中卫带来的并非财富,而是严重的环境污染。

李军向宁夏日报记者部负责同志汇报了这一线索。为进一步核实情况,他多方采访群众,走访环保部门,查阅大量资料,冰山一角浮出海平面:在如火如荼的西部大开发中,一些东部胎死腹中被明令禁止的污染企业,摸准了西部地区急于引资金、引项目的迫切心理,将污染项目转移到西部省区,使西部原本就脆弱的生态环境更加恶化。

李军决定,不管遇到多大的阻力,也要掀开这个盖子!

他自带干粮和水,多次深入腾格里沙漠调查采访。没有交通工具,就雇农用三轮蹦蹦车。蹦蹦车进不了沙漠腹地,就步行。鞋子里灌满了沙子,就干脆脱了鞋光脚走。脚被沙堆里的荆棘划开了几道口子,就拿纸擦擦。

几经周折,他终于在沙漠腹地一个隐蔽处发现了4根正在排污的管道,翻滚着白色泡沫的黑色污水汩汩流出,恶臭扑鼻,邻近的植物全部干枯死亡……

掌握了第一手资料,李军几易其稿,《莫引污染企业"走西口"》一发表,反响强烈。中央电视台、《中国环境报》等多家媒体记者纷至沓来,对此事件进行曝光。

"家乡人挖自己人墙脚""还想不想在这驻站"……此时的李军承受着来自方方面面的巨大压力与责难。

令人鼓舞的是,最终污染企业被限期责令停产。为证实企业被关停,李军又进沙漠,目睹了4条排污管道已断流的事实,跟踪报道《污染企业明盛染化厂被停产》随即出炉。

问题圆满解决,当地群众纷纷给李军打电话表示感谢。

这篇报道促使涉事污染企业被关停,更重要的是,将更多的人引到一个新课题面前：西部地区如何处理好环境保护与经济发展的关系，使二者实现双赢？如何以最小的环境成本换取最大的经济效益，实现真正的可持续发展？

这篇文章字数不多，却有理有据，字字力透纸背。语言朴实无华，却切中要害，振聋发聩。它也是一本账，算经济账，也算环境账，呼吁人们扪心自问：如何为子孙后代留下一笔“绿色财富”。

第五节　点石成金的比较

同样引进“洋设备”　龙头作用却不同

河北大厂县养牛业蓬勃发展
宁夏泾源县养牛业徘徊不前

华少甫　李　军　刘建华

河北大厂回族自治县与我区泾源县为发展当地养牛业，投入巨额资金，分别从国外引进了具有国际先进水平的屠宰加工生产线，并都兴建了龙头企业。如今，大厂县在华安公司的带动下，养牛业迅猛发展，养牛数量由建厂初的8000头上升到现在的22.6万头，人均饲养量居全国之首。而泾源县的泾河肉联厂却举步维艰，根本没有发挥龙头作用，全县养牛数量一直徘徊在2万头左右。

河北大厂县回族占21%，当地农民素有养牛、宰牛、贩牛的习惯。为了发挥传统优势和区位优势，1987年，大厂县与联邦德国屠宰企业安努斯公司、中国畜牧工商总公司及河北省畜牧局投资2000多万元，从联邦德国克虏伯公司引进全套屠宰加工生产线，成立了合资性质的华安肉类有限公司，公司总经理由外方派员担任。公司还选派20名职工赴国外学习一年，职工经过严格培训才能上岗。公司完全采用国外先进管理方法进行严格管理，职工上下班打卡，每道工序定岗定责，奖罚分明。常务副县长的亲戚违犯劳动纪律同样被炒鱿鱼。在市场定位方面，最初他们把80%的产品定位于大众消费市场，后来营销人员发现京津地区所有高档宾馆、饭店用的牛肉全靠进口，于是公司立即开发中高档产品，开辟京津大市场，使分割肉打入了各大使馆及400多家星级宾馆、饭店，每年上缴税金500多万元。通过几年的滚动发展，华安公司不仅成为当地的龙头，而且培养了一批技术骨干，并催生出了像福华、万福盛等6家龙头企业。在这些龙头企业的带动下，全县涌现出养牛专业村12个，专业户2000多个。目前，长江以北的"麦当劳"的牛肉馅几乎被大厂县垄断。养牛业的发展带动了相关产业，延伸了产业链，80多家骨雕、制革、饲料加工等企业应运而生。去年，全县农民人均纯收入达4800元，其中1/3来自养牛业。

泾源县回族占98%。1980年，全县养牛1万多头。1992年，该县贷款2800万元，从丹麦英特库公司引进了两条屠宰加工生产线，兴建了泾河肉联厂。由于是国有企业，机制不活，管理不善，加之资金紧缺、牛源不足，企业一直处于亏损状态。自1992年投产，1995年被天天集团兼并至今，9年时间换了7任厂长。由于厂长更迭频繁，他们各吹各的号，各有各的"新思路"，根本没有长远打算，致使企业市场定位不准，产品无销路。原厂长王泽林说："厂长在人事问题上说话不算数，建厂初招收的280名工人中，大部分是领导的七大姑八大姨，80%是小学文化水平。"另外，该厂错误地把产品定位在中高档消费市场上，但当地牛的品种低劣不符合加工标准，只好从外地高价购良种肉牛，而加工的大部分产品只能在当地低价销售，结果企业陷入了高价购牛低价卖肉的尴尬境地。1998年，企业在流动资金十分紧缺的情况下，又盲目铺摊子，建育肥牛场，并收购吴忠市一家牛羊肉批发市场，使流动资金更加紧张，企业陷入困境。泾源县畜牧局一位负责人说，肉联厂根本没有发挥带动作用，农民现在卖牛还要到甘肃平凉。

（刊发于2001年11月28日《宁夏日报》，获第十二届中国新闻奖消息三等奖，编辑白皋）

“幕后”故事

点石成金的比较

刘建华

东汉唯物主义哲学家王充在《论衡·案书》中说：“两刃相割，利钝乃知；两论相订，是非乃见。”在新闻采写中，比较是鉴别新闻价值的天平。比较素材选得好，可以发现与发掘出丰富的“矿藏”，大大增强新闻的传播效果。

以《河北大厂县养牛业蓬勃发展　宁夏泾源县养牛业徘徊不前》这篇作品为例，写宁夏泾河肉联厂这家国有企业的垮掉，从探讨它的机制问题、管理问题等入手，完全可以独立成篇。记者的目光却“跨越”上千公里，瞄上了同样投入巨额资金引进具有国际先进水平屠宰加工生产线的河北华安肉类有限公司。典型的个例，对比性的事实，巧妙的切入角度，丰富了消息的内涵，使主题深化。提倡什么反对什么，旗帜鲜明，使新闻具有很强的社会指导性。

比较的基础和关键在于了解情况。为了获得第一手素材，记者三赴固原市、泾源县，遍寻熟知泾河肉联厂历史的当事人，听他们讲述企业一步步垮掉的原因。采访中，肉联厂原厂长王泽林介绍，河北省大厂回族自治县为发展养牛业，引进了与泾河肉联厂类似的屠宰加工生产线，产业带动作用明显。获知这一信息，记者眼前一亮。

11月份，天气已十分寒冷。记者一行下了火车换汽车，最终雇了一辆四面透风的三轮摩托车来到河北华安肉类有限公司。孰料，这家由外方派员担任总经理的企业谢绝采访。记者吃了“闭门羹”，但在厂门口徘徊时发现，企业管理严格，职工上下班均需打卡。在与一位下班的职工闲聊中了解到，企业每道工序定岗定责，奖罚分明，常务副县长的亲戚违犯劳动纪律同样被炒鱿鱼。

一位老报人曾说过，当采访的大门向你关闭时，你就要想法从窗户跳进去。绝望中，记者想到了大厂县畜牧局。讲明采访意图后，该局一位副局长热情接待了记者，详细介绍了华安肉类有限公司的基本情况，以及其对该县养牛业及相关产业的带动作用。

正是由于采访扎实，从而使对比鲜明强烈。如两家企业投资和管理情况的对比：

合资性质的华安肉类有限公司投资2000多万元，从联邦德国克虏伯公司引进全套屠宰加工生产线。公司总经理由外方派员担任，职工经过严格培训才能上岗。

国有企业泾河肉联厂投资2800万元，从丹麦英特库公司引进了两条屠宰加工生产线。1992年投产，1995年被天天集团兼并，9年时间换了7任厂长。厂长在人事问题上说话不算数，建厂初招收的280名工人中，大部分是领导的七大姑八大姨，80％是小学文化水平。

两家企业的龙头带动作用更是天壤之别：

华安公司催生出了福华、万福盛等6家龙头企业。在这些龙头企业的带动下，大厂县涌现出养牛专业村12个、专业户2000多个。2000年，该县农民人均纯收入4800元，其中1/3来自养牛业。养牛业的发展带动了相关产业，延伸了产业链，80多家骨雕、制革、饲料加工等企业应运而生。

泾河肉联厂错误地把产品定位在中高档消费市场上，但当地牛的品种低劣不符合加工标准，只好从外地高价购良种肉牛，而加工的大部分产品只能在当地低价销售，结果企业陷入了高价购牛低价卖肉的尴尬境地。当地农民卖牛还要到甘肃平凉。

由于报道主题重大，刊发后立即引发社会广泛关注。一些热心读者纷纷给报社来信，畅谈感受，为国企改革建言献策。《宁夏日报》为此在一版开辟专栏，连发3篇后续报道。

第六节　深度来自深入

作品回放

宁夏优势产业面临挑战

华少甫　张　虹　刘建华

凭借大自然的恩宠，宁夏相继诞生了枸杞、绒毛、马铃薯、乳制品等优势产业。然而，面对激烈的市场竞争，我区的优势产业并非玫瑰满途，而是有芒在背。

宁夏枸杞皮薄、肉厚、含糖量高，具有先天的垄断优势，500多年来，“枸杞之王”的“霸主”地位无人撼动。自视“名门”出身，生产经营者“孤芳自赏”，长期停留在出售干果的初级阶段。20世纪70年代，从宁夏引种枸杞的内蒙古、新疆、河北等省区，将枸杞使用范围从单一医用扩展到化妆、保健、生物工程等领域，数年间，种植面积超过宁夏3倍。自治区林业局果蔬技术工作站站长赵仕华说，广州青坪市场每天吞吐的10多吨枸杞中，没有多少是来自宁夏的。中宁县是“红宝”枸杞的正宗产地，是国务院命名的中国唯一的“枸杞之乡”。在利益驱动下，区内一些枸杞商贩大量购进外省区的枸杞以次充好，而一些外地客商也在当地枸杞包装上贴上中宁枸杞的商标在市场叫卖，结果是“李鬼”抢了“李逵”的饭碗。据估算，现在外省区每年出口或内销的枸杞是中宁枸杞产量的2倍到3

倍。尽管宁夏枸杞是最正宗和久负盛名的产品，但由于经营战略上的短视，已使品牌优势大打折扣。无怪《中国青年报》记者发出了“红宝呆呆看夕阳”的慨叹。进入新千年，迟醒的宁夏人不再沉默。2001年，“中宁枸杞”证明商标在国家工商局正式注册，全区枸杞种植面积也上升到20万亩，年产量达1395万公斤。去年9月投入生产的“宁夏红”更为枸杞暗淡的前景投去了一缕曙光，但由于加工数量有限，依然不能从根本上带动枸杞的产业升级，“红宝”这块蛋糕还是无法做大做强。

马铃薯是我区的又一优势产业。当宁夏北方淀粉有限公司舞起加工这根“魔棒”时，昔日的“土豆”一夜之间变成了“金豆”。然而，当世代受穷的西海固人正暗自庆幸看到了脱贫的曙光而扩大种植面积时，连续几年的卖难又使他们满脸愁云。2000年，固原市种植马铃薯150万亩，除去大小企业满负荷消化的60万吨和农民食用、留种的40万吨外，等待销售的50万吨“金豆”遭冻后很大一部分变成了“泥豆”。2001年，固原再次出现卖马铃薯难，11月上旬，雨雪交加，一些雇车交售马铃薯的农民在熬过了一两个不眠之夜后，等来的不是每公斤0.16元至0.24元的微薄收入，就是加工企业的“白条”。时至今日，全市没有一个能对马铃薯销售起带动作用的交易市场和贩运企业。就在我区马铃薯价格连年走低的态势下，1995年才步西海固后尘搞马铃薯深加工的甘肃定西地区却在短短几年时间里种植马铃薯287万亩，总产量达到400多万吨，种植面积占到甘肃全省的一半，成为全国三大种薯及商品薯生产基地之一。为了防止“薯贱伤农”，定西人建起了13个年加工能力上千吨的龙头企业和500多个中小型企业，年加工马铃薯140万吨。康家崖、文峰等3个马铃薯交易市场，年销售马铃薯130万吨，销售收入6亿多元，培育开发出的“腾胜”“清吉”两个拳头产品，远销全国20多个省、自治区、直辖市和美国、新加坡、俄罗斯等10多个国家和地区。我们只能望其项背。

我区发展乳品产业的条件得天独厚。目前，全区奶牛存栏8.8万头，名列全国第12位；年产鲜奶27.6万吨，高居全国第10位；人均占有量是国人的6倍，雄居全国第4位。然而，耀眼的数字并不能掩盖这一优势产业现存的窘境。我区现有40多家乳品加工企业，由于生产工艺原始，产品结构单一，加之各自为政，无序竞争，既无价格优势，更无品牌优势。在银川市大型商场货架上销售的上百种乳制品中，我区除了“夏进”“金河”等品牌销路看好外，其它品牌基本上被清除出了货架。无奈之中，众多企业只好不讲“名分”，甘心情愿充当区外乳业巨头的“原油输出国”。按照国际标准，8.8吨牛奶的出粉量应为1吨，由于我区奶牛饲养一直沿用“一把草、一把料”的传统方式，加之农民在交售的鲜奶中掺水使假，导致11吨鲜奶才制出1吨奶粉，不仅光明、三鹿等国内大型乳品企业减少或拒购我区大包装奶粉，就连位于利通区的夏进公司也舍近求远到平吉堡、灵武等国有农场购买鲜奶。今年第一季度，我区每吨奶粉价格下降1000多元，接近生产成本。当内蒙古伊利、蒙牛两家乳制品企业的年产值攀升到30亿元时，我区12家上规模的乳品生产企业的年产值只有3.34亿元。

素有“软黄金”之称的羊绒产业在我区也曾有过辉煌的一页。1988年，自治区把同心县定为全区第一个流通试验区，对收购绒毛的单位和个人减征50%的税，使同心很快成为全国有名的绒毛集散地，大量的绒毛从新疆、青海、内蒙古、西藏等地源源不断进入市场交易，曾创集日市场绒毛成交量5000公斤、年交易量71.1吨、年利税174万元的记录。可是一度同心县绒毛交易街冷冷清清，300多间绒毛铺子大多空空荡荡，全县有100多家绒毛加工大户落户河北清河，有几千人组成的原绒贩运大军充当清河人的运输“大队长”。随着同心绒毛市场的冷落，既无草原又不养羊的河北清河小县却异军突起，赢得了“世界羊绒看中国，中国羊绒看清河”的殊荣。现在，清河拥有深加工企业100家，羊绒制品达到5大系列1000多个品种，产品远销意大利、美国等20多个国家，年创汇6100万美元，形成了原料、产品远进远出、两头在外的产业发展模式。清河人在《经济日报》上撰文说“是宁夏同心人养活了我们”。

综观宁夏优势产业的兴衰历史，我们痛切地感到，首先是观念陈旧，缺乏创新意识，说得多，做得少，抢抓商机和市场运作技不如人，致使一些好的思路“搁浅”，机遇错过。其次，在具体操作上也有问题，卖原料的多，深加工的少；初级产品多，最终产品少。虽然，我区围绕优势产业培植了几家龙头企业，但投资比较分散，专业化程度不够高，大企业不够大，小企业不够精，所生产的产品档次低，没有一个在国内叫得响的品牌。最近《半月谈》刊载文章：如今陕西的精品苹果、新疆的特色瓜果、甘肃的生态土豆、青海的高原农业，都大步跨过基地化、标准化、品牌化的桥梁，已经在国内外的市场上闯出了一片崭新天地。陕西、新疆、甘肃等省区和宁夏同属西部“穷哥们”，人家在国内外市场上都有叫响的品牌或拳头产品，唯独我们没有。

西部大开发的号角早已吹响，中国也加入了世界贸易组织，这为我区优势产业再现辉煌创造了崭新机遇。当前，全区上下正在学习贯彻党的十六大精神，为了全面建设小康社会，我们要认真学习外地先进经验，深刻查找、剖析存在的差距和不足，少一点孤芳自赏，多一点忧患意识。否则，不仅“红宝”会被“克隆”者打败，土豆变不成“金豆”，就连牛羊进京、生猪进沪、重振宁夏大米雄风等一系列举措都会“流产”。

令人欣慰的是，在全区创新经济发展环境的大讨论中，自治区先后召开各种会议，就如何加快发展羊绒、乳品、枸杞、金属镁等产业提出了新的思路，制定了切实可行的措施，做大做强优势产业在行动上已经上马。

（刊发于2002年12月24日《宁夏日报》，获第十三届中国新闻奖通讯三等奖，编辑杨兆海）

“幕后”故事

深度来自深入

刘建华

在人类社会步入新千年的今天，经济社会生活每时每刻都在发生剧烈的变化。有些事物在刚刚出现时尚难给出明确的结论，有些事物则已带来明显的负面效果，但尚未引起社会的普遍关注，更没有提到各级政府的议事日程。此时，新闻工作者凭借自己的职业敏感捕捉到这些事物，对其进行深入调查，梳理辨析之后展现给读者，既可以满足人们及时了解社会动态的需要，又可以实现设置议题，引起人们的关注和思考，还可能引起各级政府的警醒和关注，为政策层面的调整提供新鲜有力的依据。

《宁夏优势产业面临挑战》即是这类社会观察通讯中的代表作。通读作品，会发现客观色彩很强，作者的说服力来自大量的事实和中肯的分析。在探析宁夏枸杞市场前景时，引用了权威人士自治区林业局果蔬技术工作站站长和《中国青年报》记者的话表达；谈及马铃薯时，用西海固的“卖难”与甘肃定西的“俏销”作对比；在乳品产业和羊绒产业上，则选用了精确的统计数字论证。记者在这篇作品中既报道事实，又探索解决问题的出路，体现出报道者与研究者的综合视角。

2002年，为适应我国加入世界贸易组织新形势下扩大对外开放、增强宁夏综合竞争力的迫切需要，实现宁夏经济社会的大发展、快发展，自治区党委、政府决定深入开展一次经济发展环境创新大讨论，要求各单位主要剖析干部群众思想认识中存在的突出问题，剖析制约和影响经济发展的各种不利因素。正是在这一背景下，枸杞、绒毛、马铃薯、乳制品等宁夏优势产业发展中存在的突出问题，进入了记者的采访视野。

在长达5个月的采访中，记者多次赴“红宝”枸杞的正宗产地中宁县、全区马铃薯种植面积最大的固原市、全区奶牛存栏量最高的吴忠市利通区及全国绒毛流通集散地同心县，与当地干部、农民、商贩、企业负责人等座谈交流，获得大量生动的第一手素材和独家新闻。记者还约请自治区及外省区相关行业的专家，请他们就此发表高见。记者先后采访过的对象有30多人，仅采访笔记就做了5本近6万字。在近3000字的通讯中，记者叙述的每一件事全是事实，客观色彩很强，作品的说服力来自大量的事实和中肯的分析。

需要特别说明的是，由于这篇稿件涉及话题敏感，先是刊发在《宁夏日报内参动态清样》上呈送自治区领导。时任自治区党委书记陈建国读后批示，要求此稿在《宁夏日报》上公开见报。

第七节　我和固原羊只的“夜班”

作品回放

固原羊只上“夜班”

王　健

6月1日晚，记者接到读者的电话，称有人在固原市原州区七营镇一带的山上放羊。记者立即驱车前往采访。

山城夜幕低垂，田野里的冬小麦随风摇曳。突然间，司机一脚刹车，记者抬眼看去，公路边30多只羊正撒着欢儿向山上跑去。夜色中，绿草间，一群白色的羊格外扎眼。记者将照相机藏在怀中，悄悄向羊群迂回。不料，牧羊人十分警觉，一声呼哨，撵着羊群就跑了。

6月5日，赴西吉县采访。一大早，一个穿着红衫的女孩赶着10多只羊从山上下来，女孩满脸的疲惫，告诉我：这是一群刚“下夜班”的羊。记者停下车来正欲采访，女孩撵上羊就跑，记者只好用长镜头拍了几张照片。监视器里，青青的山、白白的羊、女孩红红的衣衫组成了一幅“优美”的画面，可记者的心里却泛起阵阵酸楚。

6月7日，记者途经隆德县返回原州区，天色已晚，公路旁不时有农民赶着羊往山上走。记者让司机放慢车速，留意观察，不到一小时，有5群羊从我们的车边走过，数量接近百只。记者下车了解情况，遭到牧羊人破口大骂，大意是，谁愿意半夜三更往山上跑，羊如果有吃的我们也知道躺在家里舒服。

6月9日，海原县南华山。傍晚时分，一个老汉赶着10多只羊在山上蹒跚。记者紧赶几步撵上了老汉，掏出特意准备的香烟，和老汉攀谈起来。“这么晚了还出来放羊？”“没办法，羊没吃的，都快饿死了！”“怎么白天不出来放？”“哎，白天干部查得紧，不敢放。”老汉吸了口烟说，“这季节正是羊长膘的时候，因为没有草吃，羊全乏了，过几天就都卖掉了。”记者本想给老汉宣讲一下有关禁牧封育政策，可饱经世事的老汉似乎猜出了记者的身份，吆着羊向山下走去。

5月1日，全区禁牧封育以来，固原市各级领导和有关部门，做了大量工作，成绩也是有目共睹的。目前，固原市要禁牧封育的草山面积是703.56万亩，饲养的牲畜为533万个绵羊单位，禁牧封育后，全市的饲草缺口是2.73亿公斤，畜牧业又是固原市农民主要的增收来源，单靠减少羊只数量来适应饲草的缺口，显然不符合农民的利益。如何不再让羊群“上夜班”，有关部门应尽快拿出对策。

（刊发于2003年6月28日《宁夏日报》，获第十四届中国新闻奖通讯三等奖，编辑华少甫）

“幕后”故事

我与固原羊只的“夜班”

王 健

为了恢复生态，遏制沙尘暴，宁夏回族自治区党委、政府决定2003年5月1日起在全区范围内禁牧封育。这一年，我在《宁夏日报》固原记者站当站长。6月1日，我策划了“禁牧封育30天”的报道选题。按照惯性思维，我打算写一篇综述性报道，配几幅照片，介绍禁牧封育取得的成果。

但几天采访下来发现，农牧民遇到了前所未有的困难：禁牧封育对世代以农牧业为生的西海固人民来说，无疑是一场重大的历史变革，他们在心理上和物质上没有做好充分的准备。同时，有关部门前期的工作做得不够细，致使禁牧封育在实施过程中出现了新情况、新问题——羊是下山进圈了，但是没有足够的饲料，在山上跑惯了的羊一下子圈起来，不吃不喝还闹病。农民一下子转不过弯来，认为羊天生就是放养的，为什么要圈起来？于是出现了白天政府禁牧，晚上农民偷牧的情况。采访过程中，我的脑海里闪出一个词“羊上夜班”。接下来20多个夜晚，我连续上“夜班”，跑了固原市的6个县(区)，目睹了羊上“夜班”的不同情况。在固原市农牧局采访时，我了解到全市禁牧草山的面积、牲畜的数量和饲料缺口的具体数字，证明所发现的事实不是偶然现象。我很快写成《追踪“上夜班”的羊群》发回记者部。部主任华少甫把标题改成了《固原羊只上“夜班”》发往总编室。这篇通讯于当年6月28日在《宁夏日报》二版头条发表。

通讯刊出后，引起了不小的反响。时任固原市工委副书记、分管农业工作的刘云同志当时正在中卫参加县域经济观摩，一些观摩者拿着《宁夏日报》和他开玩笑:“刘书记,固原的羊真辛苦啊,要不要给发点夜班费啊!”刘云让人给我打电话,说晚上要见我。当天晚上7点多,刘云从中卫赶了回来,直接来到我住的宿舍,拉着我就要去吃饭。我心想,鸿门宴,不能去。刘云猜透了我的心思,边拉我边说:“我自己掏腰包,吃夜市走!”到了夜市,刘云要了四个羊蹄子、两个羊头、两瓶啤酒,和我推杯换盏起来,只字不提稿子的事。天色渐渐黑了下来,刘云一抹嘴站起来说:“走,咱们上山。”我顿时明白,这是要和我对质呢。今天要是有羊上“夜班”还好说,如果没有羊上“夜班”,哼!有连续近一个月的采访垫底,我的腰杆子相当硬,也顺口说了一个字“走!”两个人一起往山上走去。走了一半,通讯中描写的场景出现了,面对此情此景,刘云弱弱地说了句:“王健咱们回,冷。”

我们来到刘云住的公寓,推心置腹地聊到凌晨2点多。第二天,刘云赶到银川,找到自治区政府分管农业的赵廷杰副主席,说:“《宁夏日报》说我们固原的羊上‘夜班’呢。羊没吃的,你看咋办呢?”很快,固原市就得到自治区财政在山区建青储饲料池的项目,解了山区农牧民的燃眉之急。我和刘云书记也成了好朋友。

我采写此稿的体会是,严谨务实的新闻报道能帮助农民解决大问题,要给政府帮忙不添乱,让事实和数据说话。《固原羊只上“夜班”》是一篇带有批评性质的报道,但由于从保护农牧民利益的角度,反映禁牧封育的难度和农牧民在禁牧封育中遇到的困难,引起了自治区及固原市领导的高度重视,自治区副主席赵廷杰立即到基层调研,每到一地都要关切地询问:“有没有‘上夜班的羊’?”一时间,“上夜班的羊”成了当地的流行语。自治区及固原市政府调拨资金,派科技人员下乡解决农民饲料不足和羊只更新换代的实际困难。随后,我又根据有人冒充乡干部骗偷农牧民的羊的情况,写了《骗子瞄上“上夜班”的羊》,提醒农民夜间放牧容易让骗子钻空子,造成不应有的损失。

其次,采访要扎实、角度要新。在《固原羊只上“夜班”》发表之前,也有人写过禁牧封育后,羊儿还在山上吃草,但由于角度不“刁”,没有引起人们的重视。

而《固原羊只上"夜班"》由于从上"夜班"这个角度切入，一下子吸引了读者的注意力。

再次，写作手法上，尽量使用白描，不刻意渲染。刻意渲染容易让被批评对象找漏洞，"攻其一点不计其余"，从而失去作品应有的功效。当然白描也不能太"白"而成了"白开水"。适度加点诙谐幽默，就有了妙趣。

第八节　四月"磨一剑"　甘苦寸心知

作品回放

"沙漠人参"逍遥太空游

苁蓉种子搭"神舟"四号返回

何玉玲

"神舟"四号虽没进行搭载动物试验，却搭了植物种子做试验。2002年12月30日凌晨，随着"神舟"四号无人飞船的发射升空，内蒙古阿拉善特有的"沙漠人参"苁蓉种子也幸运地搭乘飞船遨游太空。这是昨天记者从阿盟有关部门获得的意外消息。

苁蓉，又名大芸，是一种寄生的草本植物。由于寄生体不同，分为肉苁蓉和草苁蓉。阿拉善的肉苁蓉寄生在阿拉善特有的沙漠耐旱、固沙植物梭梭根部，因而又被誉为"沙漠人参"，列为国家重点保护的珍稀野生植物。它不仅是一种名贵中药材，有补肾壮阳和润肠等功能，而且在阿拉善脆弱的荒漠环境里，它还和梭梭、沙冬青等这些濒危耐旱植物共同起到很强的固沙作用，具有很高的生态、医药和经济价值。近年来，阿拉善为了加大当地生态保护治理力度，通过人工种植的方式来大量种植梭梭、接种肉苁蓉，以拯救和改善阿拉善的环境。当阿拉善负责生态治理的领导得知，经历过太空遨游的农作物种子返回地面后，会出现植株明显增高、增粗等优良性状后，便与酒泉卫星发射中心取得联系，促成了此次搭载试验。据悉，此次阿盟共准备了梭梭、沙冬青、肉苁蓉、霸王4个品种20克的特色植物种子，但最后只搭载了2克“沙漠人参”的种子。目前，这些珍贵种子正准备交由有关部门做进一步试验和选育。

（刊发于2003年1月21日《新消息报》，获第十四届中国新闻奖消息三等奖，编辑杜海涛）

四月“磨一剑”　甘苦寸心知

杜海涛

2002年12月30日凌晨，有着“沙漠人参”美称的苁蓉种子随着“神舟”四号无人飞船遨游太空。2003年1月21日，《新消息报》刊发消息《苁蓉种子搭“神舟”四号返回》，向广大读者独家披露了这一消息，引起社会各界广泛关注。由新消息报社记者何玉玲采写、我编辑的这篇稿件，获第十四届中国新闻奖三等奖，实现了《新消息报》在中国新闻奖上“零”的突破。

酒泉卫星发射中心，地处宁夏的近邻——内蒙古自治区阿拉善盟境内。何玉玲生在阿拉善、长在阿拉善，成为新消息报社记者后喜欢到阿拉善采访，几乎跑遍了阿拉善27万平方公里的大漠戈壁、山山水水，采写发表了大量生动鲜活的新闻报道。“神舟”四号发射前的2002年9月，何玉玲就曾坐十几个小时班车前往发射地采访,掌握了第一手资料,为搞好报道做准备。12月30日凌晨,"沙漠人参"苁蓉种子随着"神舟"四号一飞冲天,何玉玲当天便从阿拉善相关部门得到了消息,她迅速写稿发回编辑部。考虑到"神舟"四号的飞行试验还未结束,编辑部决定暂缓发稿。2003年1月5日,"神舟"四号飞船返回舱在内蒙古自治区平安着陆,植物搭载实验取得成功。在与有关部门多次沟通核对情况后,2003年1月20日,《新消息报》刊发了《苁蓉种子搭"神舟"四号返回》这一独家新闻。

从前期采访到最终见报,一条不长的消息《苁蓉种子搭"神舟"四号返回》,何玉玲是四个月"磨一剑",真是甘苦寸心知。

第三章　出乎意料的两次登顶

第一节　首冲“珠峰”之巅

作品回放

拖欠农民工工资数百万元被取消投标资格

中铁三局丢了宁夏市场

高　鹏

承建同沿高速公路路基桥涵第四合同段的中铁三局集团有限公司，因严重拖欠农民工工资，闯了“红灯”，丢掉了宁夏市场。这一消息在公路建设施工企业中引起强烈反响，一施工企业负责人连连感叹：“因小失大！”

2003年以来，自治区交通厅每年都设法安排沿线农民参与公路建设，要求各施工企业与各市县劳务输出部门及农民工签订劳动合同。一大批农户增加了收入，不少人因此摆脱了贫困。

前不久，自治区交通厅在全区高速公路建设项目质量大检查中发现，中铁三局不认真履行合同义务，没有与农民工签订劳动合同，拖欠农民工工资数百万元，经建设单位多次督促，仍然没有采取有效措施予以解决，引发农民工多次阻挠施工。8月中旬，自治区交通厅下发通知，责令中铁三局15日内清理完成拖欠的所有农民工工资。中铁三局并未予以重视，更没有及时清欠。

日前，自治区交通厅已从中铁三局的项目款中扣除200万元，分发到农民工手中，并对中铁三局进行停牌处罚，取消其两年内在我区公路建设市场的投标资格。此举使中铁三局上了交通部的黑名单，对于一个辗转于全国公路建设市场的施工企业来讲，这将是一块难以抹去的“疤”。交通厅副厅长张湧说：“农民工是社会的困难群体，交通厅针对中铁三局的问题下‘狠手’，就是希望通过这件事告诫施工企业，再也不能把农民工的权益不当回事了。”

（刊发于2005年10月10日《宁夏日报》，获第十六届中国新闻奖消息一等奖，编辑马文锋）

首冲“珠峰”之巅

马文锋

2005年，第十五届中国新闻奖评选，宁夏日报社又被“剃光头”，颗粒无收。

盘点前十五届中国新闻奖，宁夏日报社共有13件作品获奖，其中二等奖2件，三等奖11件，一等奖0件。

为了在中国新闻奖一等奖上取得历史性的突破，2006年3月，宁夏日报社放了“大招”，对《获奖新闻作品奖金发放标准》进行修订：获中国新闻奖一、二、三等奖的作者，分别奖励3万、2万、1万元。

没有想到这个“大招”挺“灵”。当年第十六届中国新闻奖评选，宁夏日报社连中三元：《中铁三局丢了宁夏市场》获得消息一等奖，实现了宁夏新闻界在中国新闻奖一等奖上“零”的突破；《不要卖掉穷人的饭碗》，获得评论二等奖，实现了宁夏新闻界在中国新闻奖评论奖上“零”的突破;2005年9月22日《宁夏日报》一版版面,获得版面三等奖,实现了宁夏新闻界在中国新闻奖版面奖上“零”的突破。

喜讯传来,宁夏日报社沸腾了!

2005年9月,宁夏日报时政部跑交通口的记者高鹏到高速公路建设工地采访,听宁夏交通厅一负责人说起承建同沿高速公路路基桥涵第四合同段的中铁三局集团有限公司,因严重拖欠农民工工资,闯了“红灯”,丢掉了宁夏市场。高鹏立即掂出了这条新闻的含金量,问可否报道。对方不同意,理由是中铁三局正在找交通厅的“后账”。高鹏第二天绕开这位负责人,直接到交通厅有关处室,拿到了交通厅对中铁三局的处罚决定,国庆期间成稿,提交到总编室。

那年10月,我担任宁夏日报社的总值班编委。9日晚上盘了盘稿件,我给时任宁夏日报总编辑杨兆海打电话汇报稿件情况,建议《中铁三局丢了宁夏市场》发次日头版头条,杨总同意。

后来,《中铁三局丢了宁夏市场》参加了第十六届中国新闻奖评选,在三轮评委无记名投票中,它均获得了80%以上的赞成票,居消息项目3件一等奖的首位。

为什么在中国新闻奖评委三轮无记名投票中,此稿在消息项目中一路领先?

原因大概有三:

一是旧瓶装新酒。讨薪是新闻界的老题材,讨薪者大多是农民,欠薪的大多是民营企业和个体老板。结局大多是有关部门帮助农民要回了劳动所得,但欠薪者通常未得到严厉惩处。本文剧情似曾相识,但欠薪主角变了,是中央的国有企业。结局出人意料,欠薪者不仅受到异常严厉的停牌处罚,两年内没有在宁夏公路建设市场参加投标的资格,还上了交通部的黑名单,在全国各地揽工程都要受限。“损失”之大,令人震惊。

二是故事性强。导语里先交代中铁三局丢掉了宁夏市场,一施工企业负责人连连感叹:“因小失大!”吊起了读者的胃口。然后将宁夏交通厅发现问题后,先督促,后责令清欠,最后不得不进行停牌处罚的过程,一一道来,起承转合,很见功力。读者先生气,后解气,很容易随剧情“入戏”。

三是文字洗练。记者烹制这道“菜”时，“油盐酱醋”用得很少，不拖泥带水，读者的口感很清爽。可谓不多一字，尽得风流。

需要说一句的是，这篇作品中提到的交通厅副厅长张湧，后来因腐败被查处了。

第二节　“饭碗”与大奖的邂逅

不要卖掉穷人的饭碗

姜　美　赵　锐

天气渐渐暖了，那些“练摊儿”的生意人又开始“忙活”。每年这个时候，许多人都会磨拳擦掌，准备拉开蜷缩了一冬的筋骨，大干一场。

对“练摊儿”的人来说，“摊儿”是命根子。然而，前几天媒体的一则报道，让那些“练摊儿”的人不知道该是喜还是忧：3月19日，银川市拍卖2005年度150个冷饮、维修临时占道摊位的经营权，其中，西夏区的一个冷饮摊位拍出了5万元的“标王”价，兴庆区中山公园南门附近人流集中的摊位，也拍出了万元左右的价格。（据3月21日《现代生活报》）

这样的新闻近年来常有耳闻。这些年来，各级政府在发展市场经济的过程中，通过拍卖社会公共资源的经营权和使用权来“经营城市”，用以弥补城市基础设施建设、市政管理服务等方面资金的不足，使市民生活环境得到了较大的改善。与此同时，为了提高城市贫困人群的收入，改善他们的生活条件，各级政府每年都要投入大量的财力和物力，为城市低收入者提供最低生活补助，增加尽可能多的就业岗位，为他们自主创业提供更多的优惠政策。

有句话说："授人以鱼不如授人以渔。"下岗职工、低保户同样也懂得这个道理。相比于每月固定的低保费、生活救济，他们更希望能得到一个稳定的"岗位"，比如拥有一个生意好一点儿的摊位，或者看管个自行车、清扫个街道、管理个公共厕所……这叫自食其力，那比让政府救济更有脸面、腰杆儿更硬、心里也更踏实。因此，一些城市低保户、下岗职工就算再苦再累，也要找个地方摆个地摊，或修个车擦个鞋，卖点日用小百货，或经营些冷饮、新鲜蔬菜，以维持生计。实际上，这些个"岗位"，既是困难群众谋生的"饭碗"，在很大程度上也为政府减轻了负担。然而，就是这些"岗位"，却随时可能因为"占道经营"、影响市容环境，被罚款或取缔，或者，在"经营城市"的时候，"摆摊权"、"看车权"、"管理公共厕所权"、"街道清扫权"，一批一批地被拿到市场上公开"拍卖"了。

当各种各样的拍卖新闻见诸报端的时候，很多人关注的是竞拍的"标王"和最终经营权的归属上，很少有人认真地衡量一下这种拍卖本身的利弊。应该说，各种各样的拍卖并不是坏事，是在用市场经济的法则来提高公共资源的利用率，是为了管理好、经营好城市。但是管理好、经营好城市，对其中的公共资源的经营权的处置，并非只有"拍卖"这一条路可走。比如，把那150个摊位经营权拿出来拍卖，是否考虑到曾经在这里谋生的人，会因为自己无力参加竞标而失去自己的"饭碗"？试问：150个摊位的拍卖所得，和150名困难群众的"饭碗"、甚至和150个贫困家庭生活条件的改善相比，到底孰轻孰重？我们能不能换个思路，牺牲一下眼前的一点蝇头小利，把诸如"摆摊权"、"看车权"、"管理公共厕所权"、"街道清扫权"等等，送给那些最困难、最需要帮助的家庭，给他们一个稳定的"饭碗"？

（刊发于2005年3月23日《宁夏日报》，获第十六届中国新闻奖评论二等奖，编辑杨光）

“幕后”故事

“饭碗”与大奖的邂逅

姜　美

2003年初，一场突如其来的“SARS”席卷全国，那时正面临毕业的我不知道自己的未来究竟该在哪里。适逢一场招聘考试，最终让我成为宁夏日报社的一员。刚刚当上记者，我就不知天高地厚地给自己定下了一个职业目标——中国新闻奖。

因为没有具体的采访分口，我和几个一起参加工作的小伙伴，每天到处找线索，经常早上去“扫街”采访，中午赶稿，下午找主任改稿子。一些“鸡毛蒜皮”的稿子，不是被删减成“一句话新闻”，就是直接被“枪毙”。那时我最大的愿望就是，明天能“撞上个大事件”，写个轰动性的新闻。

当记者15个月后，我还没有摸到写新闻的门道，因为工作调整，我被调到理论评论部成为一名编辑。面对社论、评论、时评，我觉得离新闻现场越来越远，写作方法越来越难掌握，时常感到沮丧。记得刚到理论评论部，王桂生主任安排我写的第一篇评论是《学习是一种快乐》。当时以为这个题目很简单，就匆匆领了题，动笔后才发现，要让读者通过文字感受到学习的快乐，太难了。挣扎了一天后，勉强凑够了1000多字，自己读起来都很痛苦。可是经主任修改后，文章脉络清晰，语言生动，稿子见报后，看到只有署名和100多字的内容是自己的，我深感惭愧。

2005年3月21日，和往常的工作一样，9点整我们部门又开始了“读报时间”，不一会儿就梳理出好几个能写的评论题眼。议题会快结束的时候，我发现《现代生活报》2版有一条新闻，大意是银川市拍卖2005年度150个冷饮、维修临时占道摊位的经营权，其中，西夏区的一个冷饮摊位拍出了5万元的“标王”价，兴庆区中山公园南门附近人流集中的摊位，也拍出了万元左右的价格。联想到那段时期，我编辑过时评版《什么是“基尼系数”》，学习过《社会学是什么》里面关于公共资源分配的一些知识，我大胆提出以此新闻为题眼写一篇时评。没想到得到了大家一致认可，当天选题会异常热闹，大家纷纷出谋划策。但是对于标题的确定，特别是在标题中是否出现“穷人”“困难群众”这些字眼，大家有一些不同的意见，有编辑建议标题可以温和一些，但是王桂生主任一锤定音就叫《不要卖掉穷人的饭碗》。会后我特别兴奋，觉得满肚子话要写出来，结合大家的意见，和实习生赵锐一起，只用了一中午时间完成了初稿。几经修改，下午一上班就将稿子交给了责任编辑杨光，在杨老师的精心雕琢下，《不要卖掉穷人的饭碗》诞生了。稿件见报后，立即引起了很多读者的关注，有给我们写信的，也有打电话的，都给予稿件很高的评价。读者纷纷认为政府应以人为本，不应该在乎眼前利益，而应从长远利益出发，将一些公共资源的经营权和使用权转让给困难群众，使他们有一份稳定的收入，自食其力，切实帮助他们脱贫致富，缩小城市贫富差距。

2006年7月23日中午，我接到宁报集团领导的电话，告诉我《不要卖掉穷人的饭碗》获得了中国新闻奖！几天之后，在宁报集团成立大会上，我得到了集团的表彰，并获得了2万元的巨奖。对于刚刚参加工作不到3年的我来说，荣誉和兴奋来得太突然了。我深切感受到，这份成功背后，凝结着集团领导的关心、部门主任的培养以及同事的鼓励，还有编辑、出版环节一丝不苟的编辑校正，才让这篇稿子能够完美地呈现在读者面前，并一路过关斩将进入中国新闻奖的评选中。

第三节　当"灾难"突然降临

作品回放

NINGXIA RIBAO

宁夏日报

2005年9月22日 星期四

乙酉年八月十九

国内统一刊号：CN64—0001

第16896期

今日72版

马启智在农垦系统调研时指出

创新机制突出特色做大做强

当「灾难」突然降临

全面检阅地震应急和抗震组织能力

我区首次举行地震应急演习

陈建国马启智任启兴马文学等检阅观摩

马启智在演习结束时讲话：目前，我区没有震情，搞演习是为了防患于未然。

宁夏地震简史

永宁发生七级「地震」

——地震灾害现场应急实战救援演习纪实

我区国税助推县域经济发展

西夏考古突降重大发现

山嘴沟石窟出土数百页文献

（2005年9月22日《宁夏日报》一版版面，获十六届中国新闻奖版面三等奖，主创人员周宏、王群）

当“灾难”突然降临

周　宏　王　群　和牧川

2005年9月22日《宁夏日报》一版版面，获得第十六届中国新闻奖版面三等奖，这是宁夏日报的版面第一次荣获中国新闻奖。

2005年，宁夏永宁、灵武等地接连发生几次小规模地震，地震成了社会关切的热点。

自治区党委、政府对此高度重视，当年9月21日举行了宁夏首次地震应急演习，全面检阅地震应急和抗震组织能力。

当天晚上，有关应急演习的消息《我区首次举行地震应急演习》、通讯《永宁发生七级“地震”——地震灾害现场应急实战救援演习纪实》和一组照片发到了宁夏日报总编室。对这类“假戏真做”的演习，以往《宁夏日报》的版面安排是很“节制”的。按惯例，这次发两条文稿的同时，配一两张照片即可。注意这个“配”字，照片那时在版面上一直是配角。

当天的宁夏日报总值班编委看到演习有不少好图片，决定借鉴都市报的风格，把版面做得“野性”一些，以强化视觉冲击力。

首先，演习的照片选了6张，分为2组，每组3张。第一组主题是“当‘灾难’突然降临”，画面为“地震”引发了蘑菇云一般可怕的浓烟，群众纷纷逃离。这组照片被安排在副头条位置，并破了“规矩”，向上“冲破”报眼线，挤占了报眼不少位置。

第二组主题为“抗震抢险”，画面为消防战士和医务工作者赶赴“地震”现场紧急开展救援。其中一张是直升机在空中盘旋，这样的场面当时在宁夏很少见。这组照片被安排在版心位置，用直升机盘旋的大竖图做主图。这组照片高

60多行，直升机这张高50多行，这么大胆或“奢侈”地用照片，在《宁夏日报》历史上是极其罕见的。

此外，版面其他几个创新也是《宁夏日报》前所未有的。在主消息《我区首次举行地震应急演习》开头，用线将时任自治区主席马启智讲话“目前，我区没有震情，搞演习是为了防患于未然。”作为提要框起来，达到了强化党和政府的声音、安定人心的目的。

一般来说，除非是重大灾难或讣告，党报版面是不铺黑底的。而这个版主图的图片说明和右上角三幅小图的标题采用黑底白字，营造了逼真的“地震”和“抗震”氛围。尤其是《当“灾难”突然降临》的标题用黑底衬托，具有很强的警示作用。

主图左边还配有一则关于宁夏地震简史的背景资料，既补版面空白，又呼应现实、勾连历史，也是增色之笔。

这块版的版面语言很“野”，多次突破以往的规矩。也正因为这样，它才有了很强的视觉冲击力。

第四节　打着“飞的”看“双唇”

宁夏人攻克一道道世界性施工难题

郭昊东施工队巧绘北京奥运场馆“双唇”

苏保伟

1月22日，在北京奥运会国家会议中心，郭昊东将火车票分发到一群打工者手中，让他们回宁夏过年。此前，这位从彭阳县大山深处走出来的打工头，率领他的"郭昊东施工队"奋战在国家会议中心外观装饰工程施工现场，攻克了一道道世界性施工难题，为宁夏人争了光。

家境贫寒的郭昊东读完高中后便到银川、西安、深圳等地打工。2001年7月13日，北京申奥成功的不眠之夜，他在深圳做出决定：到北京去，与奥运同行。不久，他受聘于北京一家公司。2005年他成立了北京德泰兴装饰公司，将彭阳、同心一带农民纳于"麾下"。他重视职工生活和技能培训，花30多万元购置了一栋三层移动式职工宿舍，3万多元添置了图书和影像资料，采取岗前学习、岗中传帮带、周末和晚上辅导等形式对工人进行培训。与武警北京北苑支队结成军民共建单位，对职工进行军训。一支纪律严明、作风技术过硬由西北人组织的规模最大的玻璃幕墙施工队伍——"郭昊东施工队"在首都业界声名鹊起。

2007年3月10日，"郭昊东施工队"承担了奥林匹克公园中心四大主场馆之一的国家会议中心东、北、南三面玻璃幕墙的施工任务。施工难度最大的是东面外观双曲线悬挑唇型工程，长各500米的"上、下唇"是不规则的三维曲面，全部用钢结构和金属铝板及4万多叶片组合而成，每一工艺、细节均通过三维空间集中表现，独特的造型由英国RMJM设计公司作总顾问设计，这样的施工在世界上是首次，没有先例可借鉴。此前已有几家施工队因技术难度大而临阵退缩。郭昊东组织技术人员，积极探索，大胆创新，采用"土洋结合"的办法，攻克了一道道技术难关。2007年底，在监理单位严格审核下，中心上唇和玻璃幕墙工程顺利封闭，得到2008奥组委的认可。

目前，"郭昊东施工队"的业务以北京为中心，辐射到江苏、山东、内蒙古等地。2007年累计引进宁夏劳务人员230多人，长期工达150人，除衣食住行开支60多万元外，每年按月足额发放工资100多万元。

（刊发于2008年1月28日《宁夏日报》，获第十九届中国新闻奖消息一等奖，编辑马文锋）

“幕后”故事

打着“飞的”看“双唇”

马文锋

2008年的北京奥运会,“新闻大战”的激烈程度并不亚于体育比赛。

2009年有人预测:北京奥运题材的新闻作品,将是争夺第十九届中国新闻奖的生力军。

果然,《郭昊东施工队巧绘北京奥运场馆“双唇”》(以下简称《“双唇”》),斩获这届新闻奖消息一等奖。

“果然”之际,有人一定会惊讶。因为,《“双唇”》涉及的只是奥运会的“边缘”题材——场馆建设,并没有直接报道奥运会的体育赛事。

惊讶还应在于,采写者不是中央或首都媒体的记者,而是《宁夏日报》的记者苏保伟。

这恰恰显示了中国新闻奖评委们眼光之独到——

《“双唇”》从另一个角度诠释了“更快、更高、更强”的奥林匹克精神。展现这一精神的,不是全世界万里挑一的优秀运动员,而是由宁夏彭阳县农民郭昊东率领的农民工施工队。

苏保伟回忆说,2008年元旦前夜,时任宁夏日报社经济新闻部主任的他,在办公室编发稿件时得知,有位从彭阳县外出打工的农民工郭昊东,带着家乡的几十号人,承担了北京奥运场馆之一的国家会议中心外观装饰工程,便设法通过电话与郭昊东取得联系。了解情况后,苏保伟自费买了元旦早班去北京的机票。出了机场,他直奔施工现场。郭昊东施工队负责的是国家会议中心正面和侧面的外墙装饰工程,进度已近尾声。他一一看了施工现场,并登上正在施工的会议中心楼顶，和一位彭阳农民工聊天。他来到施工管理单位和监理方核实情况，走进农民工的移动式宿舍和他们唠家常。中午在工棚食堂和农民工一起吃热腾腾的大锅饭。从下午到深夜，听郭昊东讲自己的创业故事。

这段话，有几个关键处，各位读者要留意。

元旦前夜，苏保伟得知农民工郭昊东的事。此时的苏保伟44岁，从华兴时报总编辑调任宁夏日报社经济新闻部主任不久。多年任处级干部，他的主要精力一直用于新闻的指挥、策划，当然一瞬间就判断出了郭昊东施工队在北京奥运场馆施工的新闻价值，岂肯放过这条新闻“大鱼”。然而，新闻采访毕竟是个极其耗费能量的“力气活”，苏保伟要去采访“双唇”，应该带上几个年轻记者，可他决定一个人去，显示了对自己新闻单兵作战能力的自信。这次采访持续了十多个小时，他文字和摄影一起上，展示了“双枪将”的本色。这么大的强度，脚力不强可真是扛不住。

苏保伟是元旦自费打“飞的”去采访的。如果当时不当机立断，元旦后一上班，他八成就去不了北京了。因为宁夏日报社经济部主任总是身不由己，有一大堆公务要操心呢。

不到现场不写稿，这是一条新闻原则，也是新闻采访的核心技巧。苏保伟当然深谙此道。那时他兼任宁夏新闻摄影协会主席，对新闻稿的画面感、镜头感自然也是非常苛求的。画面感、镜头感离不开现场，所以他一到北京，就直奔北京奥运场馆施工现场。

兴冲冲的苏保伟，很快就赶写出了新闻稿件，可是直到1月28日，稿件才见报。这是怎么回事？

原来他突然“踩刹车”了。

他在寻找一个最能“抓人”的新闻“由头”。1月22日，他找到了这个“由头”——

1月22日，在北京奥运会国家会议中心，郭昊东将火车票分发到一群打工者手中，让他们回宁夏过年。此前，这位从彭阳县大山深处走出来的打工头，率领他的"郭昊东施工队"奋战在国家会议中心外观装饰工程施工现场，攻克了一道道世界性施工难题，为宁夏人争了光。

这个"由头"，也就是《"双唇"》的导语，大大增强了此稿的故事感和画面感。

这样的好稿，宁夏日报编辑部当然不肯轻易出手，决定等待机会在头版头条刊发。终于在1月28日，等到了头条"窗口期"。

《"双唇"》之所以能在第十九届中国新闻奖评选中脱颖而出，还在于它扣住了两条独特的主线：一条是农民工郭昊东就业创业自强不息，另一条是一个农民工施工队在奥运场馆的建设上敢为人先。

第四章　又是山花烂漫时

第一节　脑筋三次急转弯

作品回放

首府新房8年盼主人　惠农孤老19载享亲情

王玉欣照顾邻居四推搬家计划

申　东　李云华

屈指算来，石嘴山市第十中学教师王玉欣一家在银川买房已有8年，装修好的新房已变成旧房，但一家人始终没有搬进去。为了照顾邻居——78岁的孤寡老人王玉兰，王玉欣夫妇多次放弃去银川居住的念头，19年如一日，不离不弃，像对待自己的亲生母亲一样，用心呵护着老人。

王玉兰老人家住石嘴山市惠农区春园巷，1990年老伴去世，唯一的女儿又离家出走，下落不明。现在，她只能拄着拐棍活动，其它生活已经不能自理，每月仅靠200元抚恤金和200元低保金维持生活。作为老人的邻居，王玉欣和爱人周国志自1990年开始，就自愿担负起照顾王玉兰起居生活的任务。每天早上8时，两口子会准时叫老人起床，帮助收拾屋子，陪老人说话。老人行动不便，王玉欣就把家里做好的饭菜端过来一起吃。晚上8时，她或丈夫又要去一趟老人家，侍候老人上床睡觉。19年如一日，她们从未改变。

2001年，王玉欣提前病退，并和丈夫在银川买了一套楼房，因为不忍心离开老人，王玉欣一家虽然装修了房子，却一直没有搬进去。其间，有两次因为其它原因，她们也想过要搬到银川，但一看到王玉兰老人那和蔼的面容，她们便放弃搬新家念头。今年2月，惠农区公安分局在大走访过程中，了解到王玉兰老人的情况，联系惠农区民政部门，经王玉兰本人同意，将她送到石嘴山市福利院养老。就在福利院同意接收，并到老人家调查时，王玉兰老人却突然饭也不能吃，路也走不了，病倒在床上。看着这个与自己朝夕相处了19年的老人，王玉欣一家再次放弃了搬迁计划。

（刊发于2009年7月8日《宁夏日报》，获第二十届中国新闻奖消息三等奖，编辑张虹）

脑筋三次急转弯

张　虹

《王玉欣照顾邻居四推搬家计划》的采写，有过三次脑筋急转弯。

2009年，全国公安机关开展了"公安大走访活动"，宁夏日报社社会新闻部记者申东随宁夏公安厅宣传处到全区五市采访公安大走访活动。

记得那是3月份，记者们从固原市出发，一路向北采访，赶到石嘴山市。惠农区公安局介绍情况时提到，惠农火车站派出所辖区有位病退的石嘴山市十中老师王玉欣，一直照顾一位邻居，19年来，对这位非亲非故的老人不离不弃。王玉欣在银川市买了新房，因为要照顾老人没能搬过去住。派出所的干警得知这一情况后，主动将老人送到了福利院，以便王玉欣能无所牵挂地搬到银川新房去住。听到这个故事，申东心中为之一震，记下了王玉欣的联系方式。

公安大走访集中采访结束后，申东本想把惠农区公安将孤寡老人送到福利院的感人事迹写到大专访综述里，但又觉得这一素材不单独报道有点可惜。在社会新闻部业务研讨会上，申东分享了这个线索，同事们都建议申东重新采访王玉欣，单独成篇。

这是脑筋第一次急转弯。

2009年5月，申东和同事李云华来到惠农区公安局火车站派出所采访王玉欣的事迹。没想到，情况发生了变化：王玉欣再次放弃了搬迁计划，承担起照顾邻居孤寡老人的重任。

在深入采访王玉欣、周国志夫妇和街道办事处主任、派出所民警后，申东、李云华觉得：这个闪烁着人性光芒的感人故事，若从公安大走访角度落笔写，有些平淡；若从19年如一日照顾邻居这个角度写，也没有新意。和一般的好人好事相比，王玉欣故事的奇特性在哪儿呢？

几经思考，申东、李云华脑筋第二次急转弯，将切入点放在王玉欣为了照顾邻居四推搬家计划上。

2009年7月8日晚上，宁夏日报总编室编辑于翔看到申东、李云华采写的关于王玉欣的近两千字通讯后，被文中的故事深深打动。但于翔觉得此通讯的叙述稍显拖沓，不如改为消息，可使文字更凝练、主题更明快。

征得申东、李云华的同意，于翔将这篇通讯改成了只有六百来字的消息。这是此新闻的第三次脑筋急转弯。

从晚上10点到次日凌晨2点，于翔对此稿反复打磨。从一个词、一个字到一个标点符号，都力求做到完美。特别是对标题，改了划、划了改，版样上密密麻麻、“伤痕累累”。

2017年2月，我和已在山东定居的王玉欣、周国志夫妇有过一次通话。得知，王玉欣继续照顾王玉兰两个多月后，因王玉兰所住房屋整体拆迁，经有关部门协调，老人又住进福利院。此后数月，王玉欣、周国志夫妇经常在周末或节假日到福利院看望老人。当年11月，老人去世，王玉欣夫妇迅速赶到福利院，周国志亲手为老人穿上了殓衣。

王玉欣照顾邻居并非大主题，但体现了社会主义核心价值观。最终将这条新闻的主题确定到"四推搬家计划"上，并用消息的形式呈现出来，是一个认识不断深化的过程，也是一个脚力、眼力、脑力和笔力反复磨砺的过程。

第二节　反常的拾荒令我心动

作品回放

率先在宁夏实施垃圾减量化资源化处理

青铜峡市让21名拾荒者体面"淘宝"

时明霞

在青铜峡市大街小巷，每天都活跃着一支拾荒者队伍，他们不但在垃圾箱里捡拾能赚钱的饮料瓶等，还捡拾有毒害的电池等。该市2009年率先在宁夏探索实施城市生活垃圾减量化、资源化处理，形成从生活源头收集、中转到填埋场处理的三级垃圾分拣和废品回收利用体系，缓解了环境压力。2010年，宁夏发改委确立青铜峡市为宁夏城市生活垃圾减量化、资源化试点示范县。

青铜峡市城市生活垃圾产生量以每年7%的增速急升，去年达4.3万吨。拾荒者每天翻拣可回收垃圾，能不能把他们与垃圾减量化挂钩？去年初，该市市政管理服务中心引入市场化运作机制，首次将21名拾荒者纳入环卫工、保洁员规范管理，把街道果皮箱、小区垃圾箱和垃圾填埋场免费承包给他们，统一给他们配了作业车和工作服，让拾荒者体面地从垃圾中“淘宝”，使垃圾得以循环利用。

昨天，在垃圾填埋场，从四川来拾荒的张常国正进行最后一道程序的垃圾分拣。他指着空地上分类堆放的大包说，烂铁、玻璃、塑料瓶卖给废品站，最后流入工厂再利用；电池、电子废弃物交给市政管理中心，可领奖金。张常国透露，他每月捡垃圾1800多公斤，收入2000多元。

该市实施城市生活垃圾减量化、资源化处理一年多来，运至填埋场的垃圾减少了1691吨。以此推算，填埋场利用率可延长5年，节约填埋场建设成本1000万元。市政府节约垃圾处理费24万元，拾荒大军收益达20万元。

自治区发改委环资处处长霍振强告诉记者，一个拾荒者一年可“捡掉”一座垃圾山，青铜峡市发挥拾荒者的独特作用，对城市生活垃圾减量化、资源化具有很好的示范作用。

（刊发于2010年6月3日《宁夏日报》，获第二十一届中国新闻奖消息三等奖，编辑周宏）

“幕后”故事

反常的拾荒令我心动

时明霞

2011年6月，我在青铜峡市大街上看到，一位拾荒者在垃圾箱里捡垃圾，而且把废旧电池也分拣出来，这一反常举动引起我的好奇：“你捡废电池干什么？这可卖不了钱。”她说：“拿着这些废旧电池，能到市政管理服务中心领奖金。”我心中一动,这里面有新闻。

在市政管理服务中心,我了解了青铜峡市率先在宁夏实施垃圾减量化资源化处理的情况,又马不停蹄采访了小区清洁工、垃圾填埋场的拾荒者、垃圾中转站的工人们。第一手材料已掌握,可我总觉得稿子还缺乏"灵魂"。便驱车赶回银川,直奔自治区发改委,在距下班只有10分钟时,我把环资处处长霍振强拦在办公室里,"强行"采访。他点出了青铜峡市实施垃圾减量化资源化处理的意义所在:"拾荒者一年'捡掉'一座小山;拾荒者纳入规范管理,既缓解了环境压力,又有尊严地劳动。"

次日,花了整整一天的时间,经过多次修改,我写出了800字的消息《青铜峡率先在宁夏实施垃圾减量化资源化处理》。稿件提交后,值班编委又精心打磨到600多字,把主题改为肩题《率先在宁夏实施垃圾减量化资源化处理》,另作了主题《青铜峡市让21名拾荒者体面"淘宝"》。2011年6月3日,此稿在《宁夏日报》头版头条刊发。

此稿得到中宣部新闻阅评小组的点评,认为报道颇有新意,还把此事上升到"拾荒者缓解环境压力""体面劳动"的高度。自治区很快把青铜峡经验向全区推广。

这条消息能评上中国新闻奖,或许有这样几个原因:

一是主题《青铜峡市让21名拾荒者体面"淘宝"》有些出人意料,因为拾荒在许多人眼里是"不体面"的事。

二是导语"在青铜峡市大街小巷,每天都活跃着一支拾荒者队伍,他们不但在垃圾箱里捡拾能赚钱的饮料瓶等,还捡拾有毒害的电池等","勾起"了人们(当然也应该包括中国新闻奖的评委们)的好奇心:拾荒者为什么要捡拾有毒害的电池等?

三是青铜峡市将21名拾荒者纳入环卫工、保洁员管理,这一作法读者会感到很新奇。拾荒者身份复杂,通常有关部门是避之唯恐不及,青铜峡市却为什么要主动"纳入"管理?

四是霍振强处长“一个拾荒者一年可‘捡掉’一座垃圾山”这句话画龙点睛，一下子点出了拾荒者通常被人忽视的独特作用，强化了此稿的新闻价值。

第三节　媒体在社会进程中的力量

作品回放

改革创新做大做强党报旗舰品牌

沙　新

宁夏地处西北内陆，人口少，市场狭窄，经济总量小，相比全国发达地区报业，创业、发展之路更加艰难。面对严峻的生存空间，2006年宁夏日报整合宁夏报业资源，形成了现有的七报两刊一网站的现代传媒格局。当年宁夏日报报业集团成立后，宁夏日报作为集团的旗舰，在推进“创办新型党报”战略的过程中，不走寻常路，以改革谋发展，创新思维，成长为西部报业的奇葩。

新闻改革提升党报核心竞争力

近几年尤其是2008年以来，面对日益严峻的传统媒介市场和金融危机冲击等诸多不利因素，宁报集团依据党对新闻宣传工作的要求和读者市场的需求，果断对各报刊网进行新闻改革，大大提升了各媒体的核心竞争力。

作为宁报集团旗舰的宁夏日报率先试水，以头版改革为发端，从采、编、校、排各环节入手，对各个版面进行内容、图片、版式全方位的改革包装，打造精品稿件、精品栏目、精品版面。改革催生活力，各版精彩纷呈，尤其头版变化明显，所有稿件包括时政经济类报道都体现篇幅短、内容新、标题靓、文风活，深受业界及读者的好评。2008年9月，宁夏日报逆全国报业“瘦身缩水”潮流而动，成功扩版，每周版面总数由52块扩至64块，强化了骨架新闻版块，对重大时政、经济、文化、科教、社会、法制等新闻及时进行权威报道和解读，提升了党报的舆论引导能力；延伸了新闻及副刊版块，关注民生、市场、时尚、休闲，让党报变得可亲、可敬、可信，满足了读者日益增长的对新闻和信息的需求。在已经评出的19届中国新闻奖的激烈角逐中，宁夏日报两次摘得报纸消息类一等奖和多个其他奖项，彰显了地方媒体的实力。

中宣部新闻阅评组对宁夏日报的新闻改革给予了持续关注和充分肯定，尤其对精心编发头版短消息给予了高度评价，认为“宁夏日报作为一家省区级党委机关报，重视新闻，精心经营新闻，难能可贵，这对于提高报纸的质量和影响力，应对新兴媒体的挑战，都有积极意义”。宁夏日报扩版实现了扩信息量、扩影响力、扩经济效益三个目标。

进军文化创意产业彰显生命力

作为自治区党委机关报和宁报集团旗舰，宁夏日报在重大新闻事件和集团主办承办的重大活动中彰显了应有的统领作用。

2008年，奥运火炬在宁夏传递的三天里，宁夏日报每天推出1期号外，有力地拉动了报纸的市场零售量，受到全国收藏界的热捧。当年8月，在《宁夏日报》创刊50周年庆典期间，策划组织了“全国省级党报（都市报）社长、总编辑塞上行”活动，全国60多家媒体的80多位报业领导和精英莅临宁夏，进行了为期一周的采访，在全国各主流媒体刊发了300多篇高质量的报道。当年9月，在宁夏五十大庆期间，宁夏日报策划刊出了50个版的特刊，全面反映了宁夏50年的巨大变化。2010年10月20日至24日，在新一轮西部大开发起步之年，宁夏日报率先而为，精心策划了“纪念‘银川会议’20周年全国报纸总编辑黄河金岸行暨第十三届中国新闻摄影理论年会”大型活动，全国50

余家主流媒体就中国新闻摄影发展及报纸媒体未来走向等重大课题达成多项共识。

宁夏日报社不仅努力发挥舆论引导作用，提振公众信心，而且充分利用媒体优势，主动向文化创意和会展经济领域进军，策划承办大型活动，投身到中央和自治区“保增长、保民生、保稳定”的总体部署中。2009年策划并牵头承办的“首届中国西部（银川）房·车生活文化节”，吸引观展人数42万人，售出汽车1738辆，订售房屋2339套，拉动直接消费近14亿元，打破了宁夏乃至西部同类展会多项纪录。策划并牵头承办了“首届中国西部（银川）服装服饰艺术节”，将会展经济与创意经济、演艺经济有机结合，吸引了22个省市区代表团携中外名牌服装前来参会，参展企业达223家，参展品牌达241个，参展企业数量、展位面积、展出品牌均创西部同类展会之最。现场交易额达1543.54万元，参展人数达30万人次。在精心策划和组织实施下，第二届“房·车节”和服装服饰艺术节分别于2010年6月和9月落幕，两大节会的参展企业数量、参展品牌及签约金额均大大超过了上届，取得了圆满成功。目前，这两大节会已入列自治区政府每年牵头主办的“六大节会”。其中，“中国西部（银川）房·车生活文化节”排在“六大节会”之首。

通过文化创意和会展活动，报业集团拓宽了视野、积累了经验、锻炼了队伍，激发了员工的创业激情，为报业发展开辟了渠道，奠定了基础，宁夏日报社的经济效益也连年攀升，2008年盈利407万元，2009年实现利润776万元，2010年有望突破1000万元。这些检验党报市场化程度的硬指标，有力地佐证了宁夏日报社的核心竞争力。

引领和助推集团品牌扩张

在宁夏日报社这个旗舰的引领和助推下，宁报集团倾力打造品牌方阵，拓展媒体发展空间，已形成党报、都市报、行业报品牌系列，“天下”品牌系列（《看天下》《博客天下》，网络、视频、手机报品牌系列，音乐会、塞上讲坛、会展品牌系列。

在"天下"品牌系列建设方面取得了不俗业绩。《看天下》杂志一路创新发展,跻身全国品牌杂志行列。目前,期发行量稳定在50万份以上,正向全国百万大刊迈进。《博客天下》杂志为中国第一本博客新闻杂志,已成为业界和网络瞩目的热点,市场前景看好,期发行量超过25万份。宁夏日报社与新消息报社合力打造的一年一度的"新年音乐会",邀请国际顶级乐团来宁演出,常常造成一票难求的轰动效应,在宁夏及周边地区具有很高的知名度和影响力。另外,利用元旦、清明、五一、中秋、国庆等传统节日,主办各种大型音乐会,成为宁夏人的精神大餐和盛宴。创造先进的操作营销模式,举办"文化名人塞上行"活动,打造"塞上讲坛"系列品牌。邀请在国内外有广泛影响力的余秋雨、易中天、于丹等文化名人来宁开坛讲学,引领宁夏及周边省区文化风潮。

宁夏日报社作为旗舰在品牌打造中显现的张力,使集团各系列品牌媒体纷纷投身到报纸新闻品牌塑造和文化创意品牌的打造上来,以报纸新闻与文化活动的交互促进,推动各自品牌建设的进程。宁报集团所属法治新报社、现代生活报社、新知讯报社等分别在法治领域、文化时尚消费、房地产会展及评选、汽车消费等领域策划项目,打造文化创意产品,进行了成功的产业拓展。

虽身处西部内陆,但地缘劣势并没有阻挡住宁夏日报社前进的脚步,宁夏日报社将继续用自己的创意智慧和辛勤耕耘,不断攀越新闻的高峰,积极投身经济社会建设,有力地佐证着媒体在参与和推动社会进程中具有不可替代的作为这一理念。

(刊发于2011年《传媒观察》,获第二十二届中国新闻奖新闻论文三等奖)

“幕后”故事

媒体在社会进程中的力量

魏邦荣

2008年以来，中国报业进入了一个非常时期。经受了金融危机冲击和文化体制改革的洗礼，越来越多的报业集团在努力寻求形成新的话语语境、传播理念、媒体格局。

2011年，因《传媒观察》之约，时任宁夏日报报业集团总编辑沙新将媒体工作的思考、探索及实践进行了梳理，写成论文《改革创新做大做强党报旗舰品牌》，并获得第二十二届中国新闻奖新闻论文三等奖。

经过多年的改革与发展，品牌力已成为媒体的核心竞争力，决定着媒体的影响力、传播力和广告传播价值。日趋激烈的传媒竞争，尤其对地处西北内陆、人口少、市场狭窄的党报来讲，创业、发展之路更加艰难。面对严峻的生存空间，本文采用思辨研究和实证研究相结合的方法，生动地回答了小省区如何做大做强党报旗舰品牌，引领报业集团走上又好又快发展之路。

本文不回避报业困局与理论交锋，从报业核心竞争力、文化创意焕发生命力、党报品牌影响力三个维度入手，解剖麻雀，娓娓道来，拓宽了报业改革发展的研究视野，很好地兼顾了论文的学术价值和社会价值。

约瑟夫·普利策曾有句名言：“倘若一个国家是一条航行在大海上的船，新闻记者就是船头的瞭望者。他要在一望无际的海面上观察一切，审视海上的不测风云和浅滩暗礁，及时发出警报。”其实，媒体不仅仅是时代的记录者、瞭望者，更是社会进程的参与者和推动者。对《改革创新做大做强党报旗舰品牌》，笔者有两点感悟。

一、媒体在参与和推动社会进程中具有不可替代的作用。

2009年，正当传媒界奋力迎战国际金融危机、大力推进文化体制改革之时，国家出台了《文化产业振兴规划》，明确提出文化创意是和影视制作、出版发行等"十一五"文化发展规划纲要提及的九大文化产业并列的一个产业。

《改革创新做大做强党报旗舰品牌》分析认为，在经济进入新一轮下行周期时，文化发展与经济发展并非完全一致，有时甚至出现逆势上扬。宁报集团抢抓文化产业发展商机，将2009年设立为"文化创意年"，充分利用媒体优势，主动向文化创意和会展经济领域进军，集团策划承办了"中国西部(银川)房·车生活文化节""中国西部(银川)服装服饰艺术节"等各类大型会展活动和演艺活动，延长了报业产业链，创新了媒体发展理念，为自治区"保增长、保民生、保稳定"贡献了力量，很好地诠释了媒体在参与和推动社会进程中具有不可替代的作用。

二、西部欠发达地区媒体通过改革与发展同样大有可为。

非常之时，须用非常之功。宁夏位居西部内陆，但地缘劣势并没有阻挡住宁报集团改革前进的脚步。集团依据党对新闻宣传工作的要求和读者市场的需求，果断对各报刊网进行新闻改革，大大提升了各媒体的核心竞争力。《宁夏日报》以头版改革为发端，从采、编、校、排各环节入手，对各个版面进行内容、图片、版式全方位的改革包装，打造精品稿件、精品栏目、精品版面。中宣部新闻阅评组对《宁夏日报》的新闻改革给予了持续关注和充分肯定，对精心编发头版短消息给予了高度评价，认为"《宁夏日报》作为一家省区级党委机关报，重视新闻，精心经营新闻，难能可贵，这对于提高报纸的质量和影响力，应对新兴媒体的挑战，都有积极意义"。在《宁夏日报》这个旗舰的引领和助推下，宁报集团倾力打造品牌方阵，拓展了媒体发展空间，提振了传媒业的信心，有力佐证了西部欠发达地区媒体通过改革与发展同样大有可为。

第四节　最核心的技巧，是勇气

作品回放

学校大摆“鸿门宴”　家长无奈献礼金

石嘴山市八中如此庆祝教师节

陈志强

9月7日，记者亲历了一场“特别”的教师节庆祝活动。石嘴山市第八中学发函邀请学生家长聚餐庆祝教师节，并按人头收取慰问金表示对学校工作的支持。这一行为让很多家长敢怒不敢言。

酒店设宴收礼金

9月6日，石嘴山市第八中学一位学生家长向本报反映，当日下午，班主任老师让他家孩子带来一份请柬，让家长次日赴宴庆祝教师节。他打听得知，赴宴需附上高额的慰问金。记者在这份请柬上看到，上面工整地书写着这位家长的名字，邀其于9月7日18时30分到金丽源酒店参加庆祝教师节活动，上面还盖着石嘴山市第八中学印章。

当日18时许，记者随同这位家长来到金丽源酒店时，酒店门口已陆续停了一些车。上到酒店二楼，长廊前摆放着一张长条桌，上面放着一块石嘴山市八中的提示牌，两名女子如操办婚宴般端坐其后收份子钱：家长们围拢在四周，“自觉”拿出500元、1000元、1200元、1500元、2000元不等的礼金。一名女子一边点钱一边喜笑颜开地告诉旁边记账女子具体金额，然后依次给交钱的家长开出收据，上面都写着一样的内容：某某交来多少元教师节慰问金。

“八年级(11)班这边请。”家长刚交完钱，楼道内夹道站立的学校老师就热情地指引家长到包房中就餐。很多家长默默不语，交了钱便转身离开。“5000元，开个矿业集团的票。”一名中年男子拿出钱丢给记账员，然后扬长而去。

直到19时04分，这张立着石嘴山市八中提示牌的长条桌，一直被家长簇拥着。记者看到，两张蓝色的记账花名册已填满，约有百十来人，多数人出了1000元，最少的500元，最高的达5000元。以此粗略估算，一小时收取慰问金10余万元。

家长敢怒不敢言

在排队交慰问金时，家长们议论纷纷：“我家孩子刚上初一，他们班有10多个孩子收到了请柬。”一名家长很不情愿地交了500元，说：“为了考个好高中，我把孩子转了过来，没想到遇到了这样的事。”一名家长怕老师对孩子不好，本打算交500元，看了花名册后交上1000元。“今年孩子上初二，去年我就收到了这样的请柬。”一位家长交上慰问金后，抱怨了一句便离开了。

据家长反映，石嘴山市八中初一至初三每个年级都有12个班，每个班有50余名或者60余名学生，此次前来赴宴的家长包括初一至初三各个班级。大部分收到请柬的学生学习成绩一般，要么家庭经济条件较好。每个班都有8名或者10余名、有的班甚至有2/3的学生收到了邀请函。

19时30分许，二楼楼道内近10个包间陆续坐上学生家长，每桌均有一名该校校工(大部分是班主任)招呼大家吃喝。在摆满了鸡鸭鱼肉虾的餐桌前，家长们显得很沉闷，很少动筷子，与庆祝教师节的喜庆气氛格格不入。

宴席期间，石嘴山市八中领导与老师手捧酒杯穿梭于每个包间与家长们碰杯，并热情地感谢家长们的大力支持。该校一位数学老师坦言，该校师资力量在石嘴山市大武口区是最棒的，每年能保证80%的学生升高中。以今年为例，该校毕业生600人，80%考上高中，其中200人进入大武口区最好的高中。

20时49分，家长们陆续离开酒店，一桌桌佳肴中大部分没有享用。酒店内，剩下石嘴山市八中校领导与教师们庆祝即将到来的教师节。

（刊发于2011年9月8日《新消息报》，获第二十二届中国新闻奖通讯二等奖，编辑张九阳）

"幕后"故事

最核心的技巧，是勇气

陈志强

2019年是我当记者的第15个年头，我写过数百万字的新闻作品，最难以忘怀的是8年前采写的《石嘴山市八中如此庆祝教师节》。

2011年，我是《新消息报》石嘴山记者站记者。至今还记得9月6日，石嘴山市第八中学一位学生家长给我爆料时气愤至极的神情，他说："学校索要家长钱财，愧对教书育人，愧对教师神圣称号。"这是他第二次收到学校的请柬，每个收到请柬的人都得去给学校交份子钱。据他了解，对班上的学生家长，学校是做了"客户"分类的，他是A类"重点关注对象"。他认为，到了教师节，家长主动自愿给老师表达谢意，体现的是尊师重道之情。但学校主动索要钱财，是违背教书育人宗旨和社会主义核心价值观的，严重败坏了社会风气，污染了学生心灵。是可忍,孰不可忍。

第二天晚上6点多,我进了金丽源酒店,以爆料人名义向学校交了份子钱。平时威严的校领导和老师变得笑容可掬,他们成了服务员接待着家长,电梯口围满了交钱的家长,人声鼎沸。

为何如此火爆?石嘴山市第八中学是当地数一数二的学校,进了这所学校今后上重点高中把握很大。家长们心里都很清楚,学校是以此为筹码和家长们作"交易"。

记者在现场转悠时碰到了一位熟人,她说:"你怎么也来了,不能曝光啊!"在孩子的求学这事上,她也很无奈,选择出份子钱了事。

第二天《石嘴山市八中如此庆祝教师节》一见报,校长被免职,学校将学生家长的份子钱退了。

"石嘴山市还有几所学校也在摆宴,我把地址发你。"第二日,我又接到爆料,爆料人说,多年来当地一些学校都在设宴收钱。我去爆料人所说的饭店暗访,店员证实当日确实有某学校预定了晚宴,但又取消了。

《石嘴山市八中如此庆祝教师节》并没有运用什么特别的新闻技巧。如果非要说有,那就是勇气——敢于揭露真相的勇气。

从大学新闻专业毕业后,我立志要成为新闻界的佼佼者,发愿自己的作品要获中国新闻奖。

研读中国新闻奖作品时我常感叹,人家的标题立意新颖,导语构思精妙,情节环环相扣,故事跌宕起伏。

当我获得中国新闻奖二等奖后,我的想法变了,我觉得新闻工作者最难能可贵的是不忘初心地坚持——坚持铁肩担道义。

有这样一个职业:熬夜,无法按时按点吃饭,无法生活规律地照顾家人,没有节假日,付出再多收入也不会呈阶梯状上升。

如果这是一则招聘启事,还有多少人会选择这个职业?

是的,新闻工作是异常辛苦的。但其中的快乐、其中的自豪,又有多少人知道!

第五节　新春走基层　结缘苍湾村

作品回放

草根“奥运”走过二十五载

王晓龙　马　楠

2月2日，海原县史店乡苍湾村成林文体大院内热闹非凡，苍湾村第十一届农民运动会如火如荼地进行着，赛驴、篮球、赛跑等别开生面的项目，吸引了附近村庄的近千名群众。

从1987年5个代表队、120名选手参赛，到2012年20个代表队、1000名选手参赛，这个由热心村民李成林一手操办的草根“奥运”走过了25年的成长历程。“那时候看到乡亲们没有像样的文体活动，我就约上邻村的几支农民篮球队举办了苍湾村第一届农民篮球运动会。此后每隔几年，乡亲们就相约切磋一下球技。”提及当年运动会的火爆场面，李成林至今记忆犹新。

随着比赛项目的逐年增加，2005年，李成林建起了村里的文体大院，同时将“农民篮球运动会”更名为“农民运动会”，并从2006年起，每年举办一届。今年，打梭等更多的民间游戏被列为比赛项目。

（刊发于2012年2月6日《宁夏日报》，获第二十三届中国新闻奖摄影三等奖，编辑王猛）

“幕后”故事

新春走基层　结缘苍湾村

王晓龙

2012年春节期间，宁夏日报社开展“新春走基层”采访活动，让我结缘苍湾村。

农历正月十一，我在前往海原县采访民间社火的路上，得知大山深处的史店乡苍湾村正在举行农民运动会。当时山路崎岖又刚下过雪，开车有危险，我决定徒步前往。

来到皑皑白雪覆盖的苍湾村，骑驴、打梭、抓子等民间特色项目生动有趣，村民参与积极性很高，我被深深感染，拍下了山里人自娱自乐、妙趣横生的独特运动场面。和乡亲们聊天，我得知这个村的农民运动会居然办了11届，被亲切地称为“咱村的奥运会”。结合农村生产、生活实际，运动会随时增减项目。昨天还在田里耕作的毛驴，今天就成为骑驴比赛的“主角”。

《草根"奥运"走过二十五载》在《宁夏日报》刊发后，苍湾村的农民运动会得到了社会各界的广泛关注及支持。在2013年举办的第12届苍湾村农民运动会上，海原县文体部门更是将文化大篷车开到比赛现场，为前来参赛、观赛的数千名群众演出。比赛项目翻了一番，达到20多个，周边的五六个村子的群众主动参与比赛。

这组照片能获第二十三届中国新闻奖摄影三等奖，我想，这体现了评委会向从基层抓到的新闻"活鱼"倾斜的评选导向。

另外，这组照片记录的苍湾村草根"奥运"，乡土气息浓郁、妙趣横生，如骑驴比赛，在城市里根本不可能拍到，有很强的新闻稀缺性。

第五章　肩负新使命

第一节　好新闻等待发现的眼睛

作品回放

汉族大学生村官李浩全票当选回族村支书

李东梅　李云华　朱立杨

10月29日，固原市原州区黄铎堡镇丰泽村“两委”班子换届选举结束，汉族大学生村官李浩全票当选该回族移民村党支部书记。

丰泽村是个纯回族生态移民新村。2011年8月，来自不同地方的207户移民陆续入住。当年9月，23岁的大学生村官李浩来到该村，是全村唯一的汉族。到任一个多月，李浩就走访了全村所有移民家庭。为帮助移民致富，原州区为每户配置了不到一亩地的日光温棚或蔬菜拱棚。刚开始，因不会种温棚，有人甚至跑到村部闹事：“山上一年30多亩地才刚够温饱，这么小一块地够个啥？”李浩挨家挨户做工作，请农业科技专家手把手教移民种菜，并成立蔬菜合作社，帮助大家找销路。冬天下雪，他逐户敲门通知村民为温棚扫雪；春季，为了监测气温，他在温棚守到凌晨。2012年，该村人均收入5174元，仅私家车就接回了6辆。

孤儿杨固拜父亲去世，母亲改嫁，性格内向的他跟着爷爷生活，9岁了仍没有上学。李浩上门走访，他总是远远地跑开。李浩带着他到学校报名入学，每次走访都给他带一些学习用品。今年“六一”，杨固拜被评为“多好学生”。

李浩一心为村民排忧解难，村民对他也越来越敬重。开斋节、古尔邦节等回族传统节日，李浩成了村民争抢的“对象”，都想请李浩到自己家做客，以示对他的谢意。村部没有食堂，每天的中餐、晚餐，都有村民到村部请李浩到家吃饭，他每次都坚持留下饭钱，可村民们说啥也不收：“你为大家忙活，都是家常便饭，添双筷子的事，千万不要客气。”即使如此，李浩也不为所动，饭钱每次必留。

（刊发于2013年10月31日《宁夏日报》，获第二十四届中国新闻奖消息三等奖，编辑周宏）

“幕后”故事

好新闻等待发现的眼睛

李东梅

固原市原州区丰泽村位于苦甲天下的西海固，是个有着207户村民的回族移民新村。大学生村官李浩是村里唯一的汉族人，到村工作仅仅两年时间，凭借自身的努力，赢得了所有村民的尊重和认可。在2013年的村“两委”班子换届中，李浩以全票当选村党支部书记。

2013年10月下旬，宁夏日报社会新闻部记者到固原市采访群众路线教育实践活动，正巧赶上丰泽村"两委"班子换届刚刚结束，在与村干部和村民代表交流时，大家纷纷谈起汉族大学生村官李浩全票当选回族村支书的故事。这让我和李云华、朱立杨眼前一亮，利用一个下午的时间采访了李浩及部分村民。回到银川后，立即将李浩的故事写成消息。

这条仅有650多字的新闻10月31日在《宁夏日报》一版刊发后，人民网、新华网等多家媒体转载。腾讯微博特地邀请李浩做客微访谈，在网络上接受全国大学生村官和网友的提问，成为全国大学生村官的榜样。

2011年，刚刚大学毕业的李浩放弃了在大城市工作的机会，参加了大学生村官考试，被组织部门分配到丰泽村工作。村里的移民们来自不同乡镇，生活习惯、风俗习惯不同，彼此之间很陌生。对于李浩来说，第一次当村官，第一次接触基层工作，第一次和村民打交道，所有的一切都是摸着石头过河。通过扎根基层、认真工作，不到两年的时间里，李浩先后担任丰泽村党支部书记助理、丰泽村党支部副书记，还兼任村团支部书记、村资金互助合作社会计等职务。"只有深入基层，才能知道百姓想什么、要什么。做一名村官很辛苦，但我很充实，也很快乐。"

通过对李浩的采访，我们深深感受到好的新闻来源于基层、根植于泥土，好的新闻线索可能只是不经意间听来的一句话，但是需要记者练就一双发现的眼睛，对新闻线索进行跟踪采访，细致打磨。日常的工作中要经常深入基层，扎根基层，与基层群众打成一片，这样才能挖掘出更多更好的新闻。

第二节　莫道社区“池水浅”

作品回放

一项创建活动打印110多页材料

社区干部：能否少点“纸上文章”

杨　超

“创建幸福家庭要9种文件，还必须打印装盒，仅我们社区就打印了110多页，太浪费。”昨天，银川市兴庆区文艺社区党支部书记、居委会主任毛士兵说。

2011年，我区启动幸福家庭创建活动，创建“发展型家庭、稳定型家庭、老年型家庭、新市民家庭”。今年，该活动进入推进阶段，有关部门要求所有社区开展创建活动，且每个社区45%的计生家庭要达到幸福家庭标准。

毛士兵告诉记者，幸福家庭创建活动需要建立实施方案、工作制度、服务内容、标准，还要确定工作领导小组，编制统计表、花名册、活动记录等。文艺社区共有2800多户家庭，要登记1150户家庭的地址和家庭成员姓名、性别、文化程度、出生年月等。“近日，有关部门又要求把创建活动的所有文件全部打印出来，装盒以待上级部门检查。”毛士兵算了一笔账，购买一盒500张A4纸需要25元，再加上打印的电费、油墨费、办公盒等费用，对社区来说的确是一笔不小的开支。他说，开展各种创建活动的出发点和落脚点都是利民惠民，是好事，但社区工作十分繁杂，许多事要挨家挨户地做，忙不胜忙，有关部门在布置、安排工作时，能不能多为基层考虑一些，不要把简单的工作复杂化。

当天，记者在文艺社区看到，各种工作的材料装了100多个文件盒，每项工作的实施情况都要先录入电脑，再打印出来。毛士兵说：“这不仅加大了社区干部的工作量，也浪费了纸张等资源，不符合厉行节约的精神。现在提倡无纸化办公，类似的工作能否通过电脑和网络完成？‘纸上文章’能不能再少一些？”

（刊发于2014年6月19日《宁夏日报》，获二十五届中国新闻奖消息三等奖，编辑杨宗惠）

“幕后”故事

莫道社区“池水浅”

杨宗惠

“这几天各社区正迎接‘创建幸福家庭’检查，都忙着补各种材料，一些社区干部怨言不断，这个能不能采访？”

“先抓紧采访成稿再说。但是，一定要多注意细节，多与当事人沟通。”

这是2014年6月18日中午，我与正在写一条社区新闻的宁夏日报社会新闻部记者杨超的一段“闲聊”。

当天下午，杨超再次来到银川市兴庆区解放西街街道办事处文艺社区。

“小杨，上午刚走，下午又来‘检查’我们工作了。”文艺社区党支部书记、居委会主任毛士兵与杨超开起玩笑。

“主任，打印了一半，又没纸了。”杨超刚刚坐定，社区工作人员李大姐就抛给毛士兵一个“问题”。

毛士兵一边拿出钱安排人去买打印纸，一边抱怨：“上级部门什么事都要材料，社区有几个会写材料的？所有材料都必须‘标准化’打印、装盒，尽干面子活，真不知上级领导是怎么想的？”

杨超问：“我就这个事写篇报道帮你们呼吁一下，行不行？”

“行啊！太好了！”毛士兵满口答应。

“这个报道需要你站出来说话，真名真姓地反映问题，否则说服力不强。”杨超进一步向毛士兵说明有关情况，鼓励他大胆讲真话、说实情。

征得同意后，杨超查看了文艺社区的两个大文件柜。文件柜里，满满当当摆放了100多个蓝色的材料盒。对照电脑，杨超发现材料盒里装订成册的打印材料，绝大多数都有电子文档，有的材料，一张纸上甚至只打印了不到10个字。

毛士兵无奈地说：“这些都是质量特别好的打印纸，看着这么浪费，我也心疼。可是，工作验收时，必须按规定打印材料，还要装到统一的文件盒子里，没办法。”

当天下午5时许，杨超回到宁夏日报社会新闻部后，不到一个小时就写出了《社区干部：能否少点“纸上文章”》一文。接着，我们又一起斟酌、商讨，完成了编辑修改工作。6月19日，此稿在《宁夏日报》一版刊发。

此稿见报后，国家有关部门特向我区有关部门询问情况，自治区、银川市的多个部门分别到文艺社区调查了解情况。起初，毛士兵打电话给杨超，似乎不堪压力：“你这篇稿子给我惹大麻烦了，这几天，自治区、银川市、兴庆区的好多部门天天往我这儿跑。”后来毛士兵才明白，原来自治区领导就此稿反映的问题作出批示后，有关部门特意向他咨询减轻社区负担的意见。之后，银川市将进入社区的服务事项由原来的207项减至28项。毛士兵高兴地告诉杨超：“银川市的领导特意向我咨询如何减轻社区负担，我提的好多意见都被采纳了。”

近年来，一些记者不愿深入社区采访。其实，社区藏着无尽的新闻宝藏，每天都渴盼记者来挖掘。

从2005年起，宁夏日报社会新闻部记者就开始划片跑社区，杨超曾与社区干部挨家挨户检查漏雨的顶楼、一起清理小广告，为帮助困难居民奔走呼吁。她发现，社区工作虽然琐碎平凡，但只要有心，总会发现一些有价值、有受众的好线索。有时，社区干部或居民的一句报怨，就可能是一条好的新闻线索，就可能隐藏着一个值得报道的故事。这些，都需要记者去倾听、去思索、去发现、去采集。

真正的好新闻就在我们身边，细心，再细心，付出总会有回报！

第三节　"零违约"在复议中复活

作品回放

贫寒不失尊严　诚信贵于黄金

盐池县扶贫贷款零违约

沙　新　连小芳　王玉平

盐池县青山乡古峰庄村村民罗刚，几天前在农行顺利办结了30万元的贷款手续。由于罗刚替自己的贷款联保户汪某偿还了3万元贷款，盐池农行感其诚信，将罗刚的贷款额度从5万元提高到30万元。去年，盐池县用于滩羊养殖的扶贫贷款25.4亿元，2.4万农户还款无一人逾期违约。

"现在，盐池县哪个滩羊养殖户的信用不值几十万元?"罗刚以自己的故事佐证。2009年以来，通过两轮三户联保，罗刚先后贷款34万元，圈里的滩羊从200多只扩大到1200只，6年赚了几十万元。2014年11月24日是罗刚等三户联保第二轮贷款还贷的最后期限，联保户汪某因家庭变故无力偿还3万元贷款，11

月22日，罗刚替汪某还了贷款，维护自己和汪某比金子还珍贵的诚信。“这样的客户，今后需要多少，咱们就放贷支持多少！”盐池农行决定给罗刚发放30万元贷款。“30万元能买400只羊，一年出栏三茬，就能赚六七万元，比替人还的3万元贷款多，不吃亏。”憨厚的罗刚这样算账。

互助资金和信贷资金捆绑贷款连续多年零违约，是盐池县又一诚信传奇。2006年，盐池县启动贫困村互助资金，8年累计为89个贫困村发放互助资金借款1.44亿元，无一笔逾期违约。互助资金把贫困群众“等救济睡着吃”的观念变为“靠双手干着吃”，贫困村互助社也成为金融机构诚信客户的摇篮，农民普遍树立了“好借好还，再借不难”的诚信意识。“乡亲们不再认为扶贫贷款是救济款可以赖着不还，而是想方设法用贷款养羊赚钱，活得有面子有尊严。”王乐井乡曾记畔村村支书朱玉国说。2012年，盐池农村信用联社与贫困村互助社捆绑推出“千村信贷”，形成“凡在互助社借款违约者不得在信用社贷款，凡在信用社贷款违约者不得在互助社借款”的诚信机制，破解了因不讲诚信导致金融部门“难贷款”、农民“贷款难”的困局。

诚信为国家级贫困县盐池带来“农民脱贫、产业发展、银行获利”的多赢效应。目前，盐池县仅1.44亿元互助资金就撬动信贷资金3.36亿元，受益群众6.7万人，贫困户受益面达60%。这些用于发展滩羊养殖等特色产业贷款的增收比为1∶1.5；盐池县滩羊饲养量从禁牧前的86万只增长到300万只，滩羊养殖收入占农民纯收入的60%；优质的信贷环境吸引宁夏商业银行、建行等金融机构纷纷抢滩盐池。

（刊发于2015年2月4日《宁夏日报》，获第二十六届中国新闻奖消息二等奖，编辑马文锋）

“幕后”故事

“零违约”在复议中复活

马文锋

2016年，一条“新闻”震惊宁夏新闻界：2015年度宁夏新闻奖初评审核委员会取消了10多件新闻作品参加宁夏新闻奖定评的资格，还“判令”数件作品定评时不得评为一、二等奖。

《宁夏日报》受到的打击最沉重：包括宁夏日报报业集团总编辑沙新、总编辑助理连小芳和宁夏日报社记者王玉平共同采写的消息《盐池县扶贫贷款零违约》在内的6件作品被取消定评资格，1件作品定评时不得评为一二等奖。

宁夏记协《2015年度宁夏新闻奖审核报告》，道出了对《宁夏日报》7件稿件“判罚”的理由：3件字数超过规定，4件存在着这样那样的差错。将《盐池县扶贫贷款零违约》“拿下”，《报告》给出两条理由：

一、该作品结尾处“优质的信贷环境吸引宁夏商业银行、建行等金融机构纷纷抢滩盐池”的表述不妥，宁夏商业银行、建行不是并列关系而是包含关系，因为建行也属于商业银行。

二、标题概括的新闻事实与正文不太相符，主标题应改为《盐池县扶贫还贷零违约》更准确。

身为这条消息的责任编辑，身为主抓《宁夏日报》新闻质量的宁报集团副总编辑，我羞愧难当，向总编辑沙新做了检讨。沙新说：“对标中国新闻奖评选，从今年开始，宁夏新闻奖在初评时对参评稿件实行前所未有的严苛审核。我兼任宁夏记协副主席，当然要服从记协的决定。《宁夏日报》7件作品存在的问题，要迅速反馈给有关采编人员，让大家汲取教训。”

得知宁夏记协的“判罚”决定，连小芳有些疑惑：难道真的错了？为防止《盐池县扶贫贷款零违约》一文中金融专业术语表述有误，此稿请盐池县金融办把过关，为什么他们没有发现“贷款零违约”这个错误？

她让王玉平就宁夏记协审核委员会的看法，向盐池县金融办征求意见。

盐池县金融办认为：

一、“优质的信贷环境吸引宁夏商业银行、建行等金融机构纷纷抢滩盐池”中的“宁夏商业银行”，是在盐池县设立的宁夏本土所有商业银行的总称，包括黄河商业银行、石嘴山银行、宁夏银行等；“建行等金融机构”，指工商银行、建设银行、农业银行等国家股份制银行在盐池县的分支机构。宁夏商业银行和建行等金融机构是并列关系，不具有包含关系。

二、在金融行业，“违约”一词是对借贷行为中还贷方行为品质进行负面描述的专业用语，“贷款违约”意思就是贷款方还贷违约，专业表述不用“还贷违约”一词。同样的情况还有，在通常语境下，“房贷违约导致不良信用”不表述为“房贷还贷违约导致不良信用”，“国家助学贷款违约率”也不表述为“国家助学贷款还贷违约率”。

面对突如其来的转机，宁报集团致函宁夏金融工作局，请求该局对《盐池县扶贫贷款零违约》一稿中，涉及的几个金融专业用语进行解释。

该局答复是：

一、关于此文标题“贷款零违约”事宜。由于金融用语专业性太强，往往使用简称或约定俗成的说法，“贷款零违约”的表述较为普遍，不影响大众理解。

二、关于“宁夏商业银行”的表述事宜，涉及金融机构的不同分类口径，不影响读者阅读和对文章主旨的认识。

宁报集团向宁夏记协上报了《关于对〈盐池县扶贫贷款零违约〉一稿进行复议的申请》，认为《盐池县扶贫贷款零违约》中“扶贫贷款零违约”和“宁夏商业银行、建行等金融机构”表述，意思准确，符合专业解释，不影响大众理解，不应认定为差错，申请对此稿进行复议。

随上述申请，附上了宁夏金融工作局的答复。

宁夏记协同意复议。

在2015年度宁夏新闻奖定评会上，经评委们复议，此稿起死回生，获得宁夏新闻奖消息一等奖。不久，此稿又获第二十六届中国新闻奖消息二等奖。

这幕反转剧，剧情的最关键处不是稿件对错本身，而是审核委员会不放过任何一个差错的工匠精神和宁夏记协直面异议、允许复议的民主作风。

最后，说说《盐池县扶贫贷款零违约》采写的故事吧。

2015年，得知盐池县竟没有一户农民拖欠扶贫贷款的线索，宁报集团总编辑沙新眼睛一亮。

采访了解到，"零违约"涉及2.4万农户、25.4亿元扶贫贷款。

能做到这一点，是因为盐池县在宁夏率先探索出了破解因不讲诚信导致金融部门"难贷款"、农民"贷款难"困局的办法。

几番采访后，这道新闻佳肴该"出锅"见报了，采访小组却迟迟不肯揭"锅盖"。

原因是他们觉得导语从某个农户还贷的角度切入，不是很抓人眼球。

"文似看山不喜平"。采访小组苦苦思索着"峰峦起伏"的故事化亮相。

等了一段时间，终于捕捉到一个"异常情况"。于是有了这样的导语：

"盐池县青山乡古峰庄村村民罗刚，几天前在农行顺利办结了30万元的贷款手续。由于罗刚替自己的贷款联保户汪某偿还了3万元贷款，盐池农行感其诚信，将罗刚的贷款额度从5万元提高到30万元。"

罗刚的故事，有两个出人意料之处。一是他竟然替自己的贷款联保户汪某偿还了3万元贷款；二是盐池农行感其诚信，将其贷款额度飙升了6倍。

万事开头难，消息的导语更是如此。

此文导语，看似信手拈来，实则是苦苦求索的结果。

遇到好线索，难！遇到好线索不急于出手，而是静下心来精雕细刻，更难！

看《盐池县扶贫贷款零违约》，不能只看它展现的新闻技巧，更应该看采写者的定力。

第四节　随时切换到“战斗”状态

作品回放

89岁老兵遗失抗战胜利70周年纪念章

银川全城接力　让纪念章回家！

李　辉　武晓瑜

9月5日，家住银川市宝湖东路吉和家园89岁的老兵高永福戴着纪念章去拍照留念时，不小心遗失了刚刚拿到的抗战胜利70周年纪念章。而正是这枚意义非比寻常的纪念章让银川人在寻找纪念章接力中传递着无声的温暖。银川交通音乐广播在接到老人的求助信息后，通过电波、微信、微博散发寻物启事，一时间，全城迅速开启寻找纪念章模式。6日19时21分，一个电话让仍在接力中的人们感到无比欣慰……纪念章，找到了！

遗失

纪念章丢了，老人急坏了

抗战胜利70周年纪念章的意义非比寻常。9月5日，89岁的老兵高永福戴着纪念章去拍照留念时，却不小心遗失了刚刚拿到的抗战胜利70周年纪念章。

据了解，高永福老人今年89岁，1945年参军，先后参加过抗日战争和解放战争，1949年随部队参加完解放银川的战斗后留在银川。

在今年抗战胜利70周年之际，老人获得由中共中央、国务院、中央军委颁发的抗战胜利70周年纪念章，编号212604。

盛放纪念章的盒子里有一条温馨提示："9月3日后，请您开始佩戴这一承载着无限光荣和关爱的纪念章。"就是因为这句话，即便已经提前拿到纪念章，即便爱不释手，高永福也没有舍得把纪念章戴起来。

抗战胜利日结束后，高永福本打算9月4日去拍照留念，结果遇到下雨。9月5日14时，高永福迫不及待地出门了。他特意穿了一件正装外套，戴着纪念章到离家不远的海鸥照相馆拍照，然而当老人骑自行车回家后，竟发现纪念章不慎遗失。据老人讲，他是沿着胜利街—治平路—永安巷—宝湖路返回家中。到家时才发现纪念章没了。

高永福的爱人于佩兰告诉记者，当时老人整个人精神恍惚，嘴里不停地说着"没了""没了"。

当天下午，高永福沿着原路找了一圈，没有找到。院子里的邻居们知道后，都纷纷开导他，"丢了就丢了，你照样是老革命。"但老人一心牵挂在纪念章上，茶饭不思。

接力

全城动员，帮助老人寻找纪念章

得知高永福老人遗失纪念章的消息后，老人的邻居们立刻帮着他印制了寻物启事，并且请天盛社区的工作人员帮忙，在老人遗失纪念章所经过的路段散发，同时，他们又请银川交通音乐广播帮助播发寻物启事。得到消息后，银川交通音乐广播第一时间在节目中不间断插播寻物启事，并在微信平台上发布相关的消息，号召大家一起来帮高永福老人寻找纪念章。

至此，一场凤城爱心接力在全城展开。消息传出后，迅速受到中央电视台、人民日报、银川电视台的相继关注和报道。央视新闻中心官方微博6日15时38分至16时40分的阅读量达到5668次。截至6日16时52分，银川交通音乐广播微信平台关注量达到6902次。截至6日下午17时，帮助高永福老人寻找纪念章的消息仍在不断传播，寻找仍在继续。

不少网友纷纷微博、微信留言称，让老人别着急。

找回

好心市民及时送还，纪念章失而复得

“大爷，给您送回来了！”9月6日20时30分，银川交通音乐广播的记者和捡到老人纪念章的仇冬萍一同将纪念章送还老人家中。得知消息后，老人热泪盈眶，直念叨：“好人啊！好人多啊！太谢谢大家了，这是我一生的心血！”

“谢谢你，闺女！真是太幸运了，我以为找不到了，身上都出冷汗了。”当仇冬萍把纪念章归还给老人时，老人激动地热泪盈眶。

据了解，6日19时21分，银川交通音乐广播接到市民仇冬萍的电话称，她捡到了高永福老人的纪念章。采访中，仇冬萍告诉记者，她是一名家庭主妇，9月5日15时左右，她出门办事，途经银川市兴庆区胜利南街军干所附近时，在军干所附近公交车站台的路边捡到一个看着十分精致的小玩意儿，因当时着急，就顺手装进了自己的包里，“今天出门并没带在身上，可是下午我看到了朋友转发银川交通音乐广播的微信，才知道全城都在寻找一枚纪念章。”仇冬萍说，她赶回家后进行了核实，发现自己捡到的正是老人丢失的“中国人民抗战胜利70周年纪念章”。于是，她立即给银川交通音乐广播拨打了电话。她说，这是应该做的，并祝愿高永福老英雄身体健康！

在高永福老人家，爱心企业承诺，将对仇冬萍的这种高尚行为予以10000元

的奖励。

（刊发于2015年9月7日《新消息报》，获第二十六届中国新闻奖通讯三等奖，编辑张九阳、段春）

“幕后”故事

随时切换到“战斗”状态

李　辉　武晓瑜

2015年9月5日下午2点，89岁抗战老兵高永福遗失了刚领到不久的抗战胜利70周年纪念奖章。老人的邻居、家人、社区群众都纷纷忙碌起来，微信朋友圈不断刷屏的信息迅速引起了媒体的关注，至此，凤城一场爱心接力在全城展开。

9月6日晚，我俩分别接到新消息报社领导的通知：“一位名叫高永福的抗战老兵丢失的抗战纪念章找到了，赶快去采访……”我俩分别从不同的地方迅速赶往高永福老人家，路上我们对微信朋友圈帮助老人寻找纪念章的相关信息进行了梳理，基本做到了心中有数。

赶到高永福老人家，光线昏暗，环境非常不利于拍照，我俩一个不停地调整相机的光圈、快门以及感光度以期拍到老人清晰而动人的表情，一个用心记录着老人说的每一句话。

采访结束后，匆匆赶回单位已是晚上9点多。我们决定写作思路跳出单纯为老人寻找丢失纪念章事件本身，而是着重传递此事件中的正能量。最终，我们的报道《银川全城接力　让纪念章回家！》在宁夏各报中抢先刊发。

随后，新消息报社为捡到纪念章并交还老人的好心市民仇冬萍女士申请了阿里公益天天正能量奖金，让好心人得到了应有的奖励，也为整个事件画上了一个圆满的句号。

这次遇到困难的是抗战老兵高永福，下次也许是你，也许是他……不管是谁，只要是百姓事，《新消息报》就会第一时间来关注。因为，“时时关注百姓事，天天报道新消息”是《新消息报》的办报宗旨。

作为一名记者，不论我们在哪里，只要一接到采访电话就必须立刻切换到“战斗”状态。

新闻永远在路上。

第五节 如何打造一等奖版面

作品回放

（2016年8月7日《宁夏日报》二至三版版面，获第二十七届中国新闻奖版面一等奖，主创人员张靖、何亚男、刘建华）

“幕后”故事

如何打造一等奖版面

刘建华　张　靖　何亚男

第二十七届中国新闻奖评选，《宁夏日报》2016年8月7日二至三版版面，荣获新闻版面类唯一的一等奖。这也是在历届中国新闻奖评选中，宁夏新闻界第一次获得版面一等奖。这块版面究竟有哪些令人眼前一亮的“色彩”，又有哪些设计特点和规律性的东西值得借鉴？

一、好的新闻版面，讲究“天时地利人和”

人们常常借用“天时、地利、人和”之说，来总结成功的因素。对于新闻版面而言，若要出新出彩，也要讲究“天时、地利、人和”。

对于新闻版面而言，“天时”是指要有高端时政类、重大主题类题材；“地利”是报纸的“操盘手”能敏锐地捕捉到这一“战机”，迅速调整版面部署，给编辑人员腾挪的空间；“人和”体现的是一家报社的软实力，能保证在关键时刻人员“召之能来，来之能战”。

2016年8月7日是星期日，按正常版面安排，《宁夏日报》只有四块版面，一版、二版发地方新闻，三版、四版分别发国内、国际新闻。值班编委敏锐地抓住里约奥运会开幕这一重大题材，根据地方稿件和新华社来稿情况，请示总编辑后调整出二版、三版，将其打通集中刊发开幕式图文。同时，调集熟悉体育报道的文字编辑提前介入工作，关注新华社来稿、搜集相关资料，一道“美味大餐”的烹制工作就此展开……

二、面对新媒体与电视媒体的时效优势，纸媒版面如何应对

报纸与电视相比，其劣势在于传播速度和感官效果。观众已经通过电视直播观看了奥运会开幕式，报纸如何另辟蹊径让读者再“看”一次？几番思想碰撞后，值班编委与文编、美编定下来的编辑思路是，让读者再“看一看”电视转播背后的“画面”，也就是镜头所不能交代的“场景”。

此前，受经济实力等因素影响，里约奥运会被普遍看衰。开幕式精彩纷呈，引起国际社会一片叫好声。而这背后，有多少人真正看出了精彩和门道？编辑决定版面的主稿，就从《开幕式风情万种　你真的看懂了吗》切入，解读几何图案、波萨诺瓦、“群魔乱舞”，进而让读者真正了解开幕式所呈现的巴西最独特的贫民窟文化。

版面配稿则聚焦了点燃奥运主火炬的巴西马拉松名将，从开幕式旗手看哪项运动是武林“盟主”，数字解读开幕式细节，以及用评论的形式为里约“正名”。此外，版面还用图片新闻的方式呈现了奥运首金的产生，以及当天赛事中关注度最高的中国女排首战。当然，报纸见报当天的“今日看点”也必不可少。

料已备齐，如何“烹制”？版面表现的重点，就是编辑最想说的话。既然是突出“看”，美术编辑便大胆地尝试用线条勾勒出一只“眼”来凸显主题。“眼”已绘好，但大而无神。于是又从一版调来主图——开幕式上绚丽的烟花作为“眸”，特刊版面就有了明眸善睐、顾盼生辉的感觉。细细看去，“眸”的左侧，身着明黄色服饰的巴西人正用他们洒脱的舞姿和爽朗的笑容展示着南美人的热情洋溢；右侧，一位巴西少年静静凝视绿色盆栽植物，满是憧憬。开幕式上令人印象深刻的超模秀自是必不可少，那就让她在这只“眼”的注视下缓缓走来吧！

一块充满了设计理念、可读性强、视觉冲击力扑面而来的版面，就这样在编辑的思想碰撞中诞生了。

三、在融媒体时代下，报纸版面创新势在必行

创新，是一个民族发展的灵魂，是一个民族进步的不竭动力。对一家报社来说，亦是同理。

创新求变，在宁夏日报有久远的历史。1990年，全国报纸总编辑新闻摄影研究会在宁夏银川举行，会议明确提出了"图文并重，两翼齐飞"的口号，对形成今天的编辑用图思路产生了深刻影响。《宁夏日报》当前的图文并重局面就是这样一步一步形成的。

宁夏日报总编室的同仁始终认为，离开新闻去单纯追求视觉冲击力，是严重的本末倒置。在这一理念指导下，要求文编和美编均要熟悉新闻的生产特性，特别是要具备视觉新闻策划的能力。强调美编也是新闻生产的重要环节，而非新闻完成后再来完成"打酱油"的角色。

近几年，在全国"两会"、宁夏"两会"、中国—阿拉伯国家博览会、"开放的中国：从宁夏到世界"及世界睡眠日、国际大屠杀纪念日等高端时政类、重大主题类报道中，宁夏日报的美编都是提前参与、提前策划，力求在版面设计中，既突出主题的高端，又将微观要素做实，实现对新闻的再加工，放大并增值版面的阅读价值。

在各环节的流程和操作中，总编室特别强调文编和美编要加强协作沟通，尤其是在特刊版面的编排上。这种协作沟通要求美编在设计版面前，必须对文编在版面想强调什么、想弱化什么的意图了然于胸；文编也必须深刻认识到，版面设计的过程也是新闻再生产、再增值的过程，切不可有稿件编完就撒手不管的想法。

（原载于《中国记者》2017年第11期，本文有删节）

第六节　中国结　春节味

作品回放

宁夏日报

NINGXIA DAILY

国内统一刊号：CN64—0001

2017年1月31日　星期二

丁酉年正月初四

第21045期

今日二版

宁夏日报报业集团出版

我区经济实现“十三五”良好开局

2016年GDP同比增长8.1%　居西北5省区第1位

新春走基层

缩小城乡差距　共享改革红利

金凤区探索教育均衡发展新路径

撬动60亿元扶持资金　提振群众养殖信心

盐池县农民收入一半出在羊身上

春节假日前四天全国旅游接待总人数累计超2.5亿人次

2月起，这些新规将影响你我生活

用户签入网协议需实名

企业未按规定办理招用与备案手续将受制裁

食品补充检验方法可作为定罪量刑参考

村口柳树下，母亲痴痴的守望

（2017年1月31日《宁夏日报》一版版面，获第二十八届中国新闻奖版面三等奖，主创人员李刚、狄虎、张九阳）

“幕后”故事

中国结　春节味

李　刚

2017年1月30日，农历正月初三，又一个万家灯火的夜晚。身为《宁夏日报》一版责任编辑，我要上班了。一路上，银川街头车少人稀，道路空旷。19时许，我赶到单位，组版编辑狄虎也到了。

明天的《宁夏日报》一版稿件主打什么？

不用商量，还是“新春走基层”。

“新春走基层”采访活动，是新闻工作者和春天的特殊约会。而“新春走基层”栏目稿件是新闻工作者一年一度奉献给读者的新闻“年夜饭”。

根据宁夏回族自治区党委宣传部的安排部署，2017年春节期间，宁报集团又一次派出多个小分队深入全区各地，开展“新春走基层”采访活动，采访一个个沾泥土、带露珠、冒热气的新闻故事。

宁报集团编委会主导思想明确：“新春走基层”优质稿件，要不惜版面，及时刊发。

这天晚上传到宁夏日报总编室的“新春走基层”稿件很多，几经筛选并与记者沟通补充细节，《村口柳树下，母亲痴痴的守望》《盐池农民收入一半出在羊身上》等稿件最终上版。

23时10分，一版大样出来。我和狄虎都觉得，版面四平八稳，没有新意。

“没有时政新闻，我们为何不换换风格，让一版‘活’起来？”我和狄虎商量了一会儿，决定将版面推倒重排。

让版面靓起来，必须要有好图片。

那天晚上的图片不错，有母亲带着双胞胎儿子玩冰上自行车的，有市民在图书馆读书“充电”的，有群众看农民文艺汇演的，有年轻人踢球的，年味浓郁。

各种“食材”都备齐了，就看我们如何“烹饪”了。

主图区的组照，被我们一会儿摆成灯笼造型，一会儿摆成折扇造型。

各种造型试了20多次，我俩最终都觉得中国结的造型不错。

但这个“中国结”要放多大？

撑到八栏如何？

还是七栏多吧。“中国结”的左右两边留一丁点儿白更好。

我俩都很兴奋，这一定是《宁夏日报》历史上最大的“中国结”造型了。

“中国结”必须“挂”在版面上才有立体感。

这好说，把一栏多宽的“新春走基层”刊头，放在头条、副头条的中间，刊头下用一条线与“中国结”造型相连。

整个版面一下子来了精气神，你看，它像不像百姓家的门楣上挂了一个大大的中国结？

“中国结”正中，也就是4张图片的交汇处，狄虎放了一个“福”字，版面的“春节味”更浓了。

版面之道，有扬必有抑，有强必有弱。“中国结”如此“强势”，头条和副头条必然要弱化，两稿的走文都成了“坡形”。这也是《宁夏日报》历史上头版头条第一次如此走文。

2018年记者节前夕，第二十八届中国新闻奖揭晓，《宁夏日报》2017年1月31日1版，喜获版面三等奖。

组委会评价：“作品主题鲜明，切合‘走转改’精神，版面元素多元化，排版清晰，‘福’字造型彰显春节气氛，年味十足。版面稿件新闻性强，图标清新亮丽，版式创新、有美感，吸引读者眼球，实现了良好的社会传播效果。”